Valencia

KERSTIN FROLIK

Valencia

Bibliografische Information der Deutschen Nationalbibliothek

Die Deutsche Nationalbibliothek verzeichnet diese Publikation in der
Deutschen Nationalbibliografie; detaillierte bibliografische Daten sind
im Internet über http://dnb.dnb.de abrufbar.

© 2017 Frolik, Kerstin
Coverdesign, Herstellung und Verlag: BoD – Books on Demand
ISBN 978-3-7431-3572-7

Torjubel in Valencia

Ola, Livia, que tal (*wie geht's*)?«, Pedro, der Fischer und sein Kollege Javier betraten die kleine Café-Bar wie jeden Morgen, wenn sie vom Fischfang zurückkehrten. Lang vor Sonnenaufgang fuhren sie hinaus aufs Meer und kamen im Morgengrauen mit ihren Netzen zurück. Sobald sie ihren Fang im Hafen verarbeitet und an Händler und Restaurants verkauft hatten, nahmen sie in Livias Bar ihr Frühstück ein bevor sie am Strand ihrer eigentlichen Arbeit nachgingen.

Livia hatte vor mehr als zwei Jahren das Restaurant in einem kleinen Badeort in Valencia von Pedros Cousin Xabi übernommen. Durch einen Zufall erfuhr sie, dass er keine Lust mehr hatte, bis spät abends wegen ein paar wenigen Gästen hinter dem Tresen zu stehen. Xabi war von Haus aus ein eher mürrischer und wortkarger Zeitgenosse, was sich in der Gastronomie schnell unter den Gästen und Touristen rumsprach. Dass Xabi aufhören wollte war vor allem für seine Mutter eine Tragödie, da sie gerne in der Küche stand und die klassische spanische Küche in Perfektion beherrschte. Allerdings war auch die Inneneinrichtung im Laufe der Jahre immer mehr herunter gekommen und hätte einer gründlichen Renovierung bedurft. Doch wenn man draußen vor dem Lokal saß, konnte man über die Straße hinweg am Ende der nächsten Gasse das Meer sehen. Eine Aussicht die für vieles entschädigte. Und dieser Anblick hatte sich in Livias Herz gebrannt als sie zum ersten Mal hier gewesen war.

Sie war vor drei Jahren zu einem Spontanurlaub nach Valencia gekommen, nachdem sie in der Beziehung mit ihrem Freund Florian einen absoluten Tiefpunkt erreicht hatte. Sie wollte damals für ein paar Tage weg von zu Hause sein, da sie in ihrem Freundeskreis niemand hatte mit dem sie im Vertrauen über ihre damalige Situation hätte sprechen können. Mit ihrer Mutter verstand sie sich nicht so besonders, zu ihrem Vater hatte sie wenig Kontakt und es bestand auch kaum noch Verbindung zu ihren jüngeren Geschwistern. Bei den wenigen Zusammenkünften mit ihren Eltern war sie jedes Mal entsetzt, wie deren Ehe verlief. Kalt und emotionslos. Sie überlegte dann oft ob das schon früher so gewesen war oder ob die Eltern nichts mehr mit sich anzufangen wussten, nachdem die Kinder das Haus verlassen hatten.

Livia fasste den Entschluss, ein paar Tage irgendwo auszuspannen, um nach ihrer Rückkehr mit der notwenigen Entschlossenheit für eine Änderung in ihrem Leben zu sorgen.

Das Reisebüro unterbreitete ihr ein Angebot für einen Kurztrip in ein kleines Appartementhotel in Valencia gleich in Strandnähe, das ihr sofort zugesagt hatte. Auch im Hinblick auf ihre Vorliebe für Spanien und ihre, wenn auch minimalen, Sprachkenntnisse. Die Tage dort verbrachte sie am Meer mit Spaziergängen am Strand, mit Faulenzen und aß zu Abend in Xabi's Tapas-Bar, die sie am dritten Tag ihres Aufenthaltes entdeckt hatte. Sie war sofort Feuer und Flamme von dieser einfachen, landestypisch eingerichteten, wenn auch etwas heruntergekommenen Lokalität. Und als eines Abends nicht viel los war, erschien Xabis Mutter aus der Küche und kam mit Livia ins Gespräch. Sie war ziemlich erstaunt darüber, dass eine so junge Frau alleine hier Urlaub machte, weil sie in einer Krise zu stecken schien. Möglicherweise hatte sie aber auch aufgrund der Kommunikationsschwierigkeiten nicht alles richtig verstanden. Was sie allerdings sehr genau wahrnahm, war, dass Livia ganz vernarrt in die Bar war und die Augen aufriss, als sie erfuhr, dass Xabi sie aufgeben wollte, um mit einem Kompagnon ein Internetcafé im Stadtzentrum zu eröffnen. Sehr zum Leidwesen seiner Mutter, denn Lula, wie Xabis Mutter hieß, hielt nichts von so modernen und ihrer Meinung nach kurzlebigen Geschäften wo es nicht einmal etwas gekochtes zum Essen gab sondern Fastfood aus der Mikrowelle. Außerdem ließ sie ihren noch unverheirateten Sohn ungern aus den Augen. Es war ihr schon lange ein dringendes Anliegen, ihn endlich unter die Haube zu bringen, wogegen er sich bisher erfolgreich wehrte.

Livia hörte dem Klagen Lulas voller Anteilnahme zu und bedauerte sehr, dass die ältere Frau vom Sohn so aufs Abstellgleis geschoben werden sollte. Über fünfzehn Jahre hatte diese ihn unterstützt, gekocht, geputzt und organisiert und dann sollte einfach Schluss sein, weil ihn das Moderne mehr reizte. Wahrscheinlich musste er in einem Internet-Café nicht übertrieben höflich zu den Gästen sein. Zumindest glaubte Lula, dass Xabi so dachte. In Livias Kopf drehten sich die Gedanken im Kreis.

Auf dem Rückflug nach Deutschland sah sie aus dem Fenster und war noch mehr verunsichert was ihren weiteren Lebensweg betraf, als zu Beginn ihrer Reise. Sie hatte nie etwas mit Gastronomie zu tun gehabt, dafür aber große Leidenschaft für diesen kleinen Ort am Meer entwickelt.

Als sie aus dem Flugzeug stieg, hatte sie das Gefühl, ihr Zuhause zurückgelassen zu haben anstatt heimzukommen. Nach einigen Wochen im alten Trott und der anhaltenden Ignoranz von Seiten ihres Freundes Florian ihr gegenüber fasste sie einen weitreichenden Entschluss. Zum Entsetzen ihres Onkels, Leiter der örtlichen Bank-Filiale, kündigte Livia ihren Sparvertrag, beendete still und leise ihren Job in der Buchhaltung eines Transportunternehmens und verließ Florian quasi über Nacht. Sie wollte das Wagnis einer eigenen kleinen Bar in Valencia eingehen. Sie war in diesem Jahr dreißig Jahre alt geworden und fand dass der Zeitpunkt, ihrem Leben eine entscheidende Wende zu geben, jetzt gekommen wäre.

Während sie wieder im Flieger saß – diesmal ohne Rückflugticket – wurde sie das Gefühl nicht los, sich von einer zentnerschweren Last befreit zu haben und sah mutig in die Zukunft. Sie war bereit und hatte den Kopf voll Ideen.

******

»Hola!« begrüßte Livia ihre täglichen ersten Frühstücksgäste und setzte den Kaffeevollautomaten in Gang um zweimal Espresso mit Milch für Pedro und Javier aufzubrühen. Gleichzeitig ließ Lula, die es sich nicht hatte nehmen lassen, Livia in der Küche weiterhin unter die Arme zu greifen, etwas Butter für zwei Omelette in ihre alten Pfannen gleiten, die die beiden Fischer jeden Morgen zum Frühstück aßen. Sollten sie je einmal ihre Gewohnheiten ändern wollen, mussten sie Livia am Vortag darüber informieren, denn ihre Mahlzeit war feste Routine in Livias Bar, die jetzt *Besitos (Küsschen)* hieß. Xabi und seine Mutter waren mit der Namensänderung einverstanden und nachdem Livia eine kleine Ablösesumme mit dem Geld aus dem Sparvertrag bezahlt hatte war sie die Chefin des Hauses. Und allzu gerne nahm sie das Angebot der Mithilfe in der Küche von Lula an und bezahlte ihr dafür ein kleines Gehalt.

Hier nach Essebia, einem kleinen Vorort von Valencia, kamen die meisten Urlauber zum Entspannen und Sport am endlos langen Strand zu treiben oder um Kultur zu erleben. Aber nicht weil sie auf das für viele Urlaubsorte in Spanien typische Nachtleben aus waren. Valencia galt als die Stadt der Künste und der Wissenschaften insbesondere mit dem großen Wirtschaftsmuseum *Principe Felipe*. Daher war im Grunde nur in den klassischen Ferienmonaten Juni bis September richtig Trubel. Dazwischen kamen überwiegend Kurzurlauber und Städte-Reisende. Diese Saison begann schon Ende Februar und hielt auch bis in den November wegen des milden Klimas an.

Livia veränderte nach ihrer Übernahme die Öffnungszeiten und betrieb ihr Lokal von ganz früh morgens um halb acht bis mittags nach dem Mittagstisch. Da sich im Süden die Menschen mittags zur Siesta zurückzogen, entschied sich Livia vorerst nachmittags nicht aufzumachen, um diese Zeit für ihre Einkäufe oder ihre Abrechnung zu nutzen. In der Anfangsphase wollte sie auch abends nicht öffnen, da ihr das Personal dazu fehlte. Den Sonntag ließ sie aus Rücksicht auf Lula, eine treue Kirchgängerin, ganz geschlossen. Somit konnte sie sich auch den einen oder anderen freien Tag am Strand gönnen. Ein Vorteil des Lebens am Meer!

Vor der Wiedereröffnung musste Livia einige Renovierungsarbeiten durchführen, damit sie sich in den Räumlichkeiten selbst zu hundert Prozent wohlfühlte. Sie strich die Wände, erneuerte die Sanitäranlagen und investierte in neue Möbel und Beleuchtung.

******

Nach und nach kamen weitere Gäste, die im *Besitos* ihr original spanisches Frühstück bestellten und Livia hatte alle Hände voll zu tun. Die Kapazität im Inneren der Bar umfasste 30 Sitzplätze und draußen vor der Bar rechts und links neben der Eingangstüre stand jeweils ein Tisch mit zwei Stühlen. Im Zuge ihrer Renovierungsarbeiten hatte sie den Eingangsbereich so gestaltet, dass es für viele Gäste ein Lieblingsplatz wurde. Vor allem wegen des Blickes auf Meer durch die gegenüber liegende Straße. Den Innenbereich hatte sie selbst mit cremefarbenen Putz versehen. So entstand die Struktur eines alten Gemäuers. Das Mobiliar in mahagonifarbigem Holz hatte sie günstig erworben. Im gleichen Farbton waren auch die Lederpolster der Stühle und der Barhocker. An den Wänden hatte sie mehrere Schwarzweiß-Fotografien von Flamenco-Tanzszenen in Bilderrahmen angebracht, die von diversen Strahlern, die je nach Lichtverhältnis gedimmt werden können, beleuchtet wurden. Flamenco war Livias heimliche Leidenschaft, sie liebte das Temperament und die Leidenschaft, die der Tanz zum Ausdruck brachte.

Wohnen konnte sie für eine kleine Miete, die sie an Xabis Mutter bezahlte, über der Bar. Die Wohnung bestand aus drei Zimmern und einer Dachterrasse, die beinahe größer als die Wohnung war.

Lula stellte in einem unglaublichen Tempo French Toast, Bocadillos, Omelette und Eier mit Speck in die Durchreiche von der Küche zum Lokal. Die Gäste waren es gewohnt, prompt bedient zu werden. Insbesondere die, deren Arbeitstag nach dem Frühstück begann.

Auch Pedro und Javier verabschiedeten sich bereits um ihren Jet-Ski- und Surfbrett-Verleih am Strand zu öffnen. Sie bezahlten immer samstags, da Livia ihnen einen Pauschalbetrag für die ganze Woche angeboten hatte. Sie war von den Einheimischen sehr gut aufgenommen und akzeptiert worden, auch ihre Sprachkenntnisse waren nach mehr als zwei Jahren durchaus vorzeigbar. Sie dachte nur noch selten an den Umstand, der sie nach Valencia gebracht hatte und weshalb sie Freund und Familie den Rücken gekehrt hatte.

******

Florian und Livia lernten sich während der Schulzeit kennen. Livia war schon seit sie denken konnte, in ihn verliebt gewesen. Florian war ihr Traummann und auch sonst allseits beliebt, sah gut aus, war witzig und wo er auftauchte, war er im Mittelpunkt des Geschehens. Er dagegen hatte sich immer eher für Margit interessiert, eine Klassenkameradin von Livia. Sie war ebenfalls sehr beliebt und ausgesprochen hübsch. Sie hatte eine tolle Figur, eine meist aufwendig gestylte blonde Lockenpracht und ewig lange Beine. Livia war mehr der brünette und sportliche Typ, band ihre bis auf die Schultern reichenden dunkelbraunen, leicht gewellten Haare meist zusammen wenn es morgens schnell gehen musste und fand sich selbst eher zu üppig gebaut. An ihren kräftigen Oberschenkeln hatte sie von jeher etwas auszusetzen. Keinesfalls würde sie sich mit Margit messen können. Die wiederum hatte Florian stets links liegen lassen. Irgendwann hatte er dann seine Bemühungen eingestellt und im Rahmen der Schulabschlussfeier hatte Livia dann den entscheidenden Schritt getan und ihn mutig um die Begleitung zum Abi-Ball gebeten. Sie dachte, dass es unter Umständen die letzte Gelegenheit war, sich mit ihm zu treffen. Im fortgeschrittenen Teil des Abends tat der Alkohol sein übriges: es hatte dann doch gefunkt und seitdem waren die beiden ein Paar.

Livia begann nach dem Abitur eine Ausbildung bei einem Transportunternehmen und Florian studierte. Zuerst war es ihr Einkommen, das sie beide über Wasser hielt. Später dann, als sie es sich leisten konnten weil er eine gut dotierte Stelle in der Maschinenbau-Branche bekam, zogen sie zusammen. Livia allerdings merkte nach der anfänglichen Euphorie, nach Einzug des Alltags, nicht, dass Florian keine Anstalten zeigte, aus ihrem Zusammenleben mehr zu machen, als eine wohnraumbezogene Partnerschaft. Livia ging es nicht grundsätzlich ums Heiraten und Kinderkriegen, sie dachte aber, dies wäre die logische Fortsetzung ihrer ›Liebe‹. Sie war glücklich in ihrer Beziehung. Sie unternahmen viel zusammen, hatten einen großen Freundeskreis und reisten viel. Sie war der Überzeugung, dass alles immer so bleiben würde. Es fiel ihr aber nicht auf, dass irgendwann die gemeinsamen Unternehmungen immer weniger wurden.

Sie tat alles um Florian den Rücken frei zu halten. Wenn er mehr arbeiten musste, kümmerte sie sich darum, dass es ihm an nichts fehlte und er sich entspannen konnte.

Und dann kam eine Zeit, in der der Job Florian noch mehr abverlangte und ihre freie Zeit zusammen deutlich knapper wurde. Als Vertreter eines Unternehmens, das Industrielackieranlagen in viele Länder vertrieb, musste Florian plötzlich mehr reisen, war immer öfter am Wochenende unterwegs oder übernahm auf Messen persönlich den Standdienst.

Er seufzte, als er sich wieder einmal von ihr verabschiedete, um zur Messe nach München aufzubrechen. Was er allerdings nicht wusste war, dass Livia ihn am nächsten Abend zu seinem Geburtstag überraschen wollte. Sie saß also in München in seinem Hotel in der Lobby und behielt den Hoteleingang im Auge. Zu vorgerückter Stunde war sie mehr als verwundert darüber, dass er so spät von der Messe zurückkehrte. Es war bald halb elf Uhr und sie fragte sich, ob sie ihn wohl verpasst hatte. Livia wollte aber nicht zum wiederholten Mal den Nachtportier fragen, ob Florian nicht doch schon auf seinem Zimmer war, als ein Taxi vor der Drehtür anhielt und er ausstieg, nicht mehr ganz nüchtern, wie sie an seine schwankenden Bewegungen erkennen konnte. Florian trank eigentlich nie, er fand betrunkene Menschen widerlich. Als Livia ihn erkannte und aufstehen wollte, setzte ihr Herzschlag aus. Florian zog eine ziemlich große Blondine hinter sich aus dem Auto. Margit! Und sie schienen sehr vertraut miteinander als sie, nichts um sich herum wahrnehmend, einander eng umschlungen zum Aufzug liefen. Wobei Florians Hand nicht auf Margits Hüfte lag, sondern auf ihrem wohlgeformten Hintern. Es war offensichtlich, dass sie nicht in getrennten Zimmern zu verschwinden gedachten. Livia schickte ein Dankgebet zum Himmel, dass der Portier sie wohl vergessen hatte und Florian nicht auf sie aufmerksam machte.

Sie war wie vor den Kopf gestoßen. Nie im Leben hatte sie in Erwägung gezogen, Florian könnte sie betrügen. Gut, ihr Liebesleben zündete kein Feuerwerk und war in letzter Zeit ziemlich auf Eis gelegen. Livia hielt sich selbst auch nicht gerade für eine Sexbombe. Aber sie hatte das Desinteresse seinerseits auf den Stress im Büro zurückgeführt. Sie wusste, dass sie in diesem Leben nicht mehr an die Figur von Frauen wie zum Beispiel Margit mit deren ultralangen Beinen, einer nach wie vor sehr schlanken Silhouette und einer top gestylten Mähne rankam. Aber Florian hatte sich nie beschwert. Und Livia war selbstbewusst genug, mit ihrer etwas kurvigeren Figur zufrieden zu sein. Sie überschminkte auch nicht ihre Sommersprossen und bleichte nicht ständig ihre Zähne. Sie war mit sich im Reinen bis zu diesem Abend.

Im ersten Moment wusste sie auch gar nicht wie sie reagieren sollte. Dann verkroch sie sich in ihrem Sessel und starrte dem Pärchen fassungslos hinterher. Erst überlegte sie sich, ein Zimmer zu nehmen, dann entschied sie sich dagegen. Sie wollte nicht mit den beiden unter einem Dach übernachten und ihnen dann womöglich beim Frühstück über den Weg laufen. Nein. Sie nahm den nächsten Zug zurück nach Hause und überlegte sich die ganze Fahrt über, wie sie Florian zur Rede stellen wollte ohne dass dabei alles in die Brüche ging. Allerdings kam sie dabei zu keinem Ergebnis weil sie im Augenblick gar nicht wusste, ob sie mit Florian zusammen bleiben konnte geschweige denn wollte.

Drei Tage lang übte sie vor dem Spiegel, wie sie ihm gegenübertreten wollte. Erst gelassen, dann wütend, dann enttäuscht. Als er dann am Donnerstag zurückkehrte, seine Schmutzwäsche im Bad einfach auf den Boden warf und sich nach einer Dusche auf die Couch fallen ließ, war ihre Stimmung bereits auf hundertachtzig. Er verschränkte die Hände hinter dem Kopf, legte die Füße hoch und seufzte: »Messen sind einfach mörderisch. Und dann jeden Abend die gleich hohlen Gespräche an der Bar.« Da war es mit ihrer Beherrschung vorbei und all die Szenarien, die sie sich zurecht gelegt hatte, waren Geschichte. »Ist Margit genauso hohl oder bumst sie einfach nur gut?« fuhr sie ihn wütend an. Seine Reaktion war es wert, die Angelegenheit so ordinär anzusprechen. Kreidebleich sah er sie an: »Was meinst du? Wie kommst du auf so was?«

»Nicht von ungefähr! Ich hab euch gesehen. Ich wollte dich am Samstagabend überraschen und wurde selbst sehr überrascht!« Florian hatte sich gleich darauf wieder im Griff und winkte ab: »Wir haben uns auf der Messe getroffen und wollten uns nicht zu den ganzen Idioten an die Bar setzen. Darum sind wir noch auf ein Bier auf ihr Zimmer gegangen. Da war gar nichts!« Livia schnaubte: »Ja. Genau so sah es auch aus!« Damit ließ sie ihn sitzen und ging ins Bad um die Wäsche zu sortieren. Insgeheim hoffte sie, er würde kommen und versuchen, sie von seiner Unschuld zu überzeugen. Als sie aber hörte, wie der Fernseher anging und ein Fußballspiel lief, kamen ihr die Tränen. Sie wusste, er würde nicht kommen. Später machte sie sich fürs Bett fertig und ging auf dem Weg ins Schlafzimmer am Wohnzimmer vorbei. Da lag er auf der Couch, schlief friedlich vor dem Fernseher und machte keinen schuldbewussten Eindruck auf sie. Mit Tränen in den Augen ließ sie ihn im Wohnzimmer zurück und ging ins Bett. Wobei sie nicht genau wusste, was sie mehr verletzte: dass er sie belogen hatte oder dass er die Affäre ungeklärt im Raum stehen ließ. Livia war nicht der Typ von großen Szenen, sondern sie zog sich zurück und war bemüht, sich den Schmerz nicht anmerken zu lassen.

Die nächste Zeit sprach sie kaum noch ein Wort mit ihm und er unternahm seinerseits auch keine Anstrengungen, das Thema Margit anzusprechen. Livia wusste, er saß die Geschichte jetzt aus und wartete, bis sie sich wieder beruhigt hatte. Es brachte sie immer wieder auf die Palme, dass man mit ihm nicht streiten konnte, sondern dass er einfach wartete, bis sich ihr Zorn verzogen hatte. Und sie – ebenso wie er – anschließend tat, als wäre nichts gewesen. Diesmal aber war sie nicht bereit einzulenken, hier ging es nicht um Haare im Waschbecken oder Schmutzwäsche auf dem Boden.

In ihrem Büro stellte sie einen Urlaubsantrag für einen einwöchigen Urlaub und als Florian von seiner nächsten Messe zurückkam, war sie bereits verreist ohne ihm vorher Bescheid zu geben. Von diesem Trip zurückgekehrt, behandelte er sie, als käme sie vom Einkaufen und all ihre Vorsätze, vernünftig mit ihm über ihre gemeinsame Zukunft zu sprechen, verpufften. Sie war regelrecht sprachlos darüber, wie gleichgültig sie ihm geworden war. So reifte ihr Entschluss, ihn zu verlassen und zwar leise und heimlich und sie nahm Kontakt zu Xabi auf.

Bis der Papierkram erledigt und eine Erlaubnis für das Betreiben eines Gastronomiebetriebes in Spanien über die Bühne war, entsorgte sie immer wieder klammheimlich persönliche Gegenstände aus der gemeinsamen Wohnung, die sie nicht behalten wollte. Kleidung, die sie als Paket versenden konnte, brachte sie auf den Postweg nach Valencia. Immer wieder schickte sie einen Teil ihrer Garderobe an die Adresse der kleinen Bar und Lula deponierte es für sie in der darüber liegenden Wohnung.

In der Woche vor ihrer Abreise war es für Livia nicht mehr möglich, unauffällig verschwinden zu können. Florian hatte sie mit seinem Benehmen ihr gegenüber dermaßen in Rage gebracht, dass es ihr ein Bedürfnis war, ihm ihr Vorhaben an den Kopf zu schleudern. Der Ausgangspunkt war eine mehr als harmlose Erkältung, die Florian sich zugezogen hatte, sich aber benahm, als läge er im Sterben. Jedes Abhusten zelebrierte er als einen Akt widerlichen Würgens und zog anschließend so die Nase hoch, dass Livia schauderte. In dieser Zeit fragte sie sich mehrmals täglich, was sie je liebens- beziehungsweise begehrenswert an ihm gefunden hatte. Wo hatte sie nur hingeschaut; hatte die Liebe sie nicht nur blind sondern auch blöd gemacht? Jedenfalls reagierte er auf ihr Vorhaben völlig teilnahmslos, er zuckte lediglich mit den Schultern.

Irgendwann saß sie dann endlich an Bord im Flieger nach Valencia und war doch kurzzeitig überrascht von ihrer eigenen Courage. Ihre Mutter hatte bis zuletzt geglaubt, sie würde wegen eines Urlaubsflirts durchdrehen und deshalb Hals über Kopf nach Spanien reisen und wäre sicher bald wieder da. Sie hatte keine Ahnung, dass das letzte was Livia mit ihrer Abreise im Sinn hatte, ein neuer Mann war. Sie hörte Livia nicht einmal richtig zu und wusste demzufolge auch nicht genau, wohin sie reiste. Sie nahm auch nicht wirklich zur Kenntnis, dass ihre Tochter vorerst einmal nicht zurückkehren wollte. Daher verbürgte sie sich dafür, bis auf weiteres Florian den Haushalt zu organisieren und sich um die Wäsche kümmern zu wollen, was Livia sprachlos machte. Sie brach auf zu einem neuen Kapitel in ihrem Leben und ihre Mutter wollte nicht einmal wissen, wo und wie man sie erreichen konnte. Das Interesse ihrer Mutter galt lediglich dem Verräter ihrer Beziehung. Das erschütterte sie zutiefst.

Was sie bei ihrem Blick auf die Wolken und die immer kleiner werdende Landschaft unter ihr traurig stimmte, war die Tatsache, dass sie nicht viel zurückließ: keine wehmütige Familie, keine traurige beste Freundin, keine winkenden Arbeitskollegen. Alles ging seinen gewohnten Gang. Wenn sie also scheitern sollte und sie zurückkommen musste, bliebe ihr nichts anderes übrig, als kleinlaut bei ihren Eltern unterzukriechen. Trübe Aussichten und nicht besonders erstrebenswert, fand Livia.

****

Mats Manning rief noch einmal seine Mannschaft für die letzte Trainingseinheit zusammen: das Auslaufen am Strand. Er war der neue Trainer der Fußballmannschaft des RCD Valencia. Diese befand sich in der heißen Phase der Vorbereitung für die neue Saison. Manning war zusammen mit einigen neuen Spielern für die kommende Saison verpflichtet worden und war im Rahmen des Trainingsprogramms dabei, sich einen Überblick über den Fitnesszustand der gesamten Mannschaft zu verschaffen. Mit dem ersten Eindruck war er sehr zufrieden auch mit den Ergebnissen, die er von den die Einheiten begleitenden Vereinsärzten erhielt. Der Sportvorstand hatte durch die Verpflichtung von Mats Manning hohe Erwartungen, da er in der Vergangenheit in Deutschland schon einige größere Erfolge vorweisen konnte. Bei im Vorfeld der Vertragsverhandlungen geführten Gesprächen hatte der Verein bereits signalisiert, dass man versucht war, ihm jegliche Unterstützung zukommen zu lassen und die Spieler, die er gerne noch im Kader hätte, zu verpflichten. Insofern waren auf dem Papier bereits die Weichen für eine erfolgreiche Saison geschaffen.

Der Trainer gab mit seiner Pfeife das Signal zum Ende des Strandlaufs. Durch Handzeichen signalisierte er den

Spielern, dass sie sich um ihn herum versammeln sollten. Das Team hatte in den vergangenen Wochen hart gearbeitet, das merkte man dem einen oder anderen jungen Spieler schon an. Dafür wollte er sie im Rahmen einer Teamführungs-Maßnahme am nächsten Morgen zum gemeinsamen Frühstück einladen und ihnen dann bis Freitagnachmittag freigeben. Das kam auch ihm ein wenig entgegen, da er noch den einen oder anderen Karton in seiner neuen Wohnung auszupacken hatte.

Mats war 38 Jahre alt und aufgrund einer schweren Verletzung in seiner Fußball-Karriere bereits Sportinvalide. Als Sohn einer Spanierin und eines Deutschen war er in Deutschland geboren und ein erfolgreicher Sportler gewesen. Fußballprofi war nicht sein Beruf, sondern seine Leidenschaft und er hatte eine Weile gebraucht, bis er den Abgang von der Fußball-Bühne verkraften konnte. Eigentlich wollte er nie Trainer werden, machte aber den Trainerschein in einer Phase, in der er keine anderen Pläne für seinen Alltag hatte. Er schloss mit Auszeichnung ab und bekam seinen ersten Trainerjob unmittelbar danach. Nachdem er mit einem ursprünglichen Abstiegskandidaten bis in die zweite Liga durchmarschierte, machte er über die Landesgrenzen hinaus auf sich aufmerksam. Die Vereinsführung des RCD Valencia wollte zu einem sehr jungen Team das Wagnis mit einem ebenfalls sehr jungen Trainer eingehen und stand nun vor einer aufregenden Saison, die in Kürze begann. Mats war bereit.

Livia kam bereits eine gute Stunde bevor sie die Bar öffnete in die Küche. Es gab für die große Reservierung am heutigen Morgen eine Menge vorzubereiten. Gestern Nachmittag deckte sie bereits das Frühstücksgeschirr auf und dekorierte die Tische ein wenig mediterran mit kleinen Windlichtern gefüllt mit Sand und Muscheln. Und obwohl sie damit gerechnet hatte, dass Lula schon in der Küche werkelte, nahm sie überrascht zur Kenntnis wie viel sie schon vorgearbeitet hatte. Jede Menge Platten waren belegt mit spanischem Schinken, Käse und salchicha, den typischen kleinen spanischen Würstchen. Unmengen von Brot, Brötchen und Croissants, kleinen Kuchen und Gebäck, gofres (Waffeln) und vor allem Churros, wärmten im Ofen und Paletten von Eiern standen bereit. Lula hatte Ana mitgebracht, eine Nachbarin, die wie Lula eine begnadete Bäckerin war.

Für Pedro und Javier, die Fischer, hatte sie den Tisch vor dem Lokal vorgesehen und sie bereits vorgewarnt, dass es heute ein bisschen turbulenter zugehen könnte. Mit einer Reservierung von knapp dreißig Personen war ihre Kapazität völlig erschöpft. Den Fischern machte das aber nichts aus; wer hatte schon mal die Möglichkeit, mit den Profifußballern des RCD Valencia zu frühstücken. Die jetzt auch der Reihe nach eintrafen. Nie war in der Straße so viel Betrieb und Verkehr wie heute morgen. Ständig kamen laut röhrende Fahrzeuge der höheren Preisklasse angefahren auf der Suche nach einem Parkplatz. Heute sah man nicht das Meer wenn man aus dem Lokal trat. Hier versperrten im Augenblick teure Nobelkarossen mit viel Chrom und dicker Bereifung den Blick. Javier und Pedro waren begeistert.

Livia begann mit dem Servieren von Kaffee und Tee und nahm Bestellungen entgegen, währenddessen stand einer der Gäste auf und deutete an etwas sagen zu wollen. Livia stand seitlich zu ihm als er einen Löffel an ein Glas schlug und zu sprechen begann. Ihr stellten sich sämtliche Nackenhaare auf. Niemals zuvor hatte sie eine so tiefe und zugleich samtige Stimme gehört. Neugierig betrachtete sie ihn. Der groß gewachsene dunkelhaarige Mann mit breiten Schultern, einem sexy Dreitagebart und dunklen Augen war eine echte Augenweide. Er schob sein markantes Kinn vor und hob die Hände um die letzten Quasselstrippen zur Ruhe zu bringen. Er begann seine Ansprache: »Herrschaften, ich freue mich, dass wir hier zusammen gekommen sind. Der Grund ist, dass wir alle das gleiche Ziel vor Augen haben, wenn wir am Wochenende in diese neue Saison gehen. Hoffe ich zumindest!« Livia blieb an einem Tisch stehen, um die Rede nicht zu stören. »Wir haben sehr hart trainiert, haben alles andere hinten angestellt, die Familien tagelang nicht gesehen und …« – »Enthaltsam gelebt, immer kalt geduscht!«, rief einer der Spieler dazwischen. Alles lachte und Livia drehte sich nach dem Zwischenrufer um. Es war ein großer Blonder mit durchgestylter Igelfrisur, der ihr feixend zuzwinkerte. »… uns besser kennengelernt.«, vollendete der Dunkelhaarige seinen Satz mit einem strafenden Blick auf den Störenfried. Livia kannte ihn. Eine regelmäßige Besucherin ihrer Bar hieß Kelly. Sie war die

Ehefrau des Zwischenrufers. Kelly war nicht berufstätig und kam ziemlich oft zum Essen. Sie war im Laufe der Zeit Livia eine enge Freundin geworden. Ende November war eine Länderspielpause im regulären Spielbetrieb und Kelly hatte sie gebeten, an diesem Wochenende das Catering zur Taufe ihrer jüngsten Tochter in ihrem Haus zu übernehmen.

Nachdem alles lachte, nahm Livia die Gelegenheit wahr und entfernte sich von den Tischen, um an ihrer Theke weitere Kaffeebestellungen zuzubereiten. Als sie an dem Blonden vorbeikam, raunte sie ihm zu: »Wenn ich so lange wie du keinen Sex hätte, würden mir auch die Haare zu Berge stehen!« Sie zwinkerte ihm ebenfalls zu und war weg. Der Angesprochene öffnete den Mund zu einer Antwort und schloss ihn wieder als seine Tischnachbarn in Gelächter ausbrachen. Als alle sich wieder beruhigt hatten, sprach der Redner weiter: »Wichtig ist, dass wir bis zum Saisonstart als Team zusammengewachsen sind – zuletzt auch weil wir so viele neue Mitspieler haben. Das ist für mich als euer Trainer die Hauptaufgabe und ich bin sehr zuversichtlich. Aber wir wollen den Kaffee nicht kalt werden lassen. Wir sind uns alle unserer Aufgabe bewusst und haben viel vor. Also lasst es euch schmecken, Männer!« Die Angesprochenen klopften Beifall murmelnd auf den Tisch und der Trainer setzte sich. Livia begann wieder zu servieren und Lula brachte schon die ersten Omeletts und Spiegeleier. Während andere an das Buffet gingen betrachtete Livia den Mann, der als Trainer die Ansprache gehalten hatte.

Sie befand ihn für gut aussehend, verdammt gut aussehend, groß und breitschultrig hatte er dunkle Locken fast bis auf die Schultern und ihr gefielen seine warmen braunen Augen. Eigentlich waren Männer mit Bart nicht ihr Geschmack aber dieses Exemplar hier hatte nur einen leichten Dreitagebart und der stand ihm ungemein. Sie war lediglich verwundert, dass ein Fußball-Club der spanischen Primera Division einen so jungen Trainer verpflichtet hatte. Die Mannschaft selber war bunt gemischt, ein paar ältere Spieler, die Livia vom Namen her kannte da sie sich ein wenig für Fußball interessierte, aber auch einige sehr junge Neuverpflichtungen waren dabei. Zu den älteren Spielern gehörte auch der vorlaute Alvarez, der, wie er selbst verraten hatte, in den vergangenen Tagen auf Sex verzichten musste. Bei Gelegenheit würde sie Kelly mit einem Augenzwinkern darauf ansprechen …

Livia hatte alle Hände voll zu tun, die Kaffeemaschine zu bedienen, Servieren und schmutziges Geschirr wegräumen, so dass sie nicht mitbekam, dass sich irgendwann der Trainer mit einem der Verantwortlichen des Vereins an die Theke setzte. Sie bemerkte lediglich, wie sie sich in deutscher Sprache miteinander unterhielten. Sie blickte auf und sah ihm direkt in die Augen. Sie konnte sich nicht erinnern jemals so dunkle Augen bei einem Mann gesehen zu haben. Ebenfalls in deutscher Sprache fragte sie die Beiden: «Kann ich ihnen noch etwas bringen?» Nun war es an Mats, verwundert die Augenbrauen hochzuziehen und zu fragen: «Sie sprechen deutsch?« »Ich bin aus Deutschland und lebe jetzt seit knapp drei Jahren hier.« Mats war überrascht. Er war aufgrund ihres sonnengebräunten Teints und ihrer Aussprache davon ausgegangen, dass sie eine Einheimische sei. Bevor er aber weiter nachfragen konnte, wurde er von seinem Gesprächspartner abgelenkt und Livia wurde an einen Tisch gerufen.

Um halb zwei saßen die letzten fünf Mitglieder der Frühstücksgesellschaft an einem einzelnen Tisch zusammen, als am Nachbartisch bereits die ersten Mittagessen bestellt wurden. Eine Spezialität von Lula war das Knoblauch-Hähnchen mit Patatas Bravas, den wilden Kartoffeln und die albondigas (Fleischklößchen). Sehnsüchtig blickten die Männer auf die vorbeigetragenen Teller und hoben die Nasen in die knoblauchgeschwängerte Luft. Livia schmunzelte als sie es bemerkte und ließ sich von Lula eine Platte mit einer Vielfalt ihrer kulinarischen Leckerbissen zusammenstellen und stellte sie in die Mitte des Tisches zusammen mit einer Handvoll Besteck: »Ein kleiner Gruß aus der Küche – als Dankeschön für die Reservierung. Lassen sie es sich schmecken!« Die Männer griffen rasch zu Messer und Gabel und seufzten selig nach den ersten Bissen. Während Livia weiter die anderen Tische abräumte, sprang einer der Männer auf, packte sie sanft am Arm und stieß hervor: »Sie kochen göttlich, ich möchte sie heiraten!« Die anderen am Tisch lachten: »Andres, du bist verheiratet!« Und sie antwortete schmunzelnd: »Kein Problem, der Herr. Ich, also ... da lässt sich bestimmt was machen ... Aber um ehrlich zu sein, ich muss sie da enttäuschen. Kochen tut Lula, meine Perle in der Küche. Aber wenn sie sie heiraten möchten, kann ich das gerne in die Wege leiten!« Livia war von ihrer Schlagfertigkeit selbst überrascht und als sie selbstbewusst lächelnd in die Runde blickte, erhaschte sie den Blick des Trainers, der sie mit aufmerksamen Augen beobachtete. Nachdem sich die Spieler wieder über das Essen hermachten, trug sie das Geschirr in die Küche.

Eigentlich waren so große Reservierungen nicht ihr Ding, schließlich arbeitete sie mit Lula allein in der Bar. Und auch vom Platzangebot war es für sie unangenehm andere Gäste aufgrund Platzmangels wegzuschicken. Und diese knapp dreißig Personen hatten ihr Kontingent an Sitzplätzen weitgehend erschöpft. Nun hatte sie heute Glück gehabt, denn die Gäste, die später noch zum Frühstück kamen, konnte sie gut vor dem Lokal unterbringen und Lula zusammen mit Ana in der Küche waren nicht klein zu kriegen, trotz des Pensums an diesem Vormittag. Livia war auf der anderen Seite dankbar für ein bisschen Extraeinnahmen, da die Monate Oktober bis März schon etwas dürftig waren was den Umsatz anbelangte. In Valencia war zwar das ganze Jahr Saison, aber sehr gut über diese Monate kamen eigentlich nur die Restaurants und Bars im Zentrum der Stadt. Ihre Lokalität war wohl mit der U-Bahn in zwei Stationen von der Stadtmitte aus gut zu erreichen, trotzdem war sie außerhalb des City-Rings.

Später, als die letzten Gäste des RCD Valencia die Bar verließen, verabschiedeten sie sich überschwänglich von Livia und versprachen, ihr Lokal unbedingt weiterzuempfehlen. Der groß gewachsene, attraktive Spanier Alvarez, der Innenverteidiger der Mannschaft, ließ es sich nicht nehmen, sich auch in der Küche lobend auszulassen und zu bedanken. Zu Livia gewandt sagte er: »Der Antrag von Andres steht.« Sie lachte und winkte ihnen zum Abschied nach. Alvarez war ein überaus verlockend aussehender Kerl, Ende Zwanzig, mit blonden kurzen Haaren – ganz untypisch für spanische Männer und deshalb irgendwie besonders. Breite anlehnungswürdige Schultern und eine insgesamt gut durchtrainierte Figur ließen sie einen Moment länger als nötig über ihn nachdenken. Dazu war er humorvoll, immer gut gelaunt und überhaupt nicht überheblich. Kelly hatte hier ein Prachtexemplar eingefangen. Aber für Livia waren Männer im Moment sowie auch in den vergangenen zwei Jahren keine Option. Ihr fehlte nichts …

******

Livia lief im Bikini und mit ihrer Strandtasche über der Schulter barfuß durch den warmen Sand und gab sich ganz dem wohligen Gefühl hin, das der Sand zwischen ihren Zehen hervorrief. Eigentlich hatte sie nicht die perfekte Bikinifigur aber sie zählte sich bereits zu den Einwohnern Essebias und benahm sich entsprechend ungeniert. Sie selbst fühlte sich wohl in ihrer Haut und hatte nicht den Anspruch, jemand anderem gefallen zu müssen.

Rechts von ihr spielte eine Gruppe Jugendlicher Fußball an der Stelle, an der sie sich gewöhnlich aufhielt, wenn sie an den Strand kam. Daher überlegte sie, sich ein Stück weiter weg niederzulassen, als sie ein Ball mit voller Wucht am Hinterkopf traf. Sie kam ins Straucheln und ließ ihre Tasche fallen. Dabei fiel sie nach vorne auf die Knie und konnte sich gerade noch mit den Händen abfangen bevor sie mit dem Gesicht im Sand landete. Ihr erster Gedanke war, ohnmächtig zu werden um dieser peinlichen Situation zu entgehen. Hinter ihrem Rücken hörte sie verhaltenes Gelächter bis eine Stimme, die ihr irgendwie bekannt vorkam, es unterband. Die gleiche Stimme kniete dann auch plötzlich neben ihr im Sand und packte sie am Arm: »Alles in Ordnung?« Mats Manning blickte ihr besorgt direkt in die Augen. Wäre sie doch bloß in Ohnmacht gefallen. Sie wollte nicht so vor ihm knien und in diese Schokoladenaugen schauen müssen. »Es geht schon, danke.« Sie wollte sich aufrichten, kippte aber nach rechts weg in seine Arme. Wenn er sie nicht gehalten hätte, wäre sie wie ein Maikäfer auf dem Rücken vor ihm gelegen. »Hoppla, nicht so schnell. Bleiben sie mal einen Moment sitzen. Ich bin gleich wieder da.« Damit lief er zurück zu den Jugendlichen, die bereits wieder am kicken waren. Er nahm sich ein Handtuch um es im Meer nass zu machen und kehrte zu ihr zurück. Er legte es ihr in den Nacken und sagte: »Gleich wird es besser. Ist ihnen schlecht?« Sie stöhnte leise: »Nein, es geht schon. Danke. Gehen sie ruhig zurück zu ihren Kindern. Ich komm klar …« Es wäre ihr sehr recht, wenn er endlich verschwinden würde. Die

Situation war an Peinlichkeit nicht zu überbieten. »Das sind nicht meine Kinder sondern Teilnehmer unserer Fußballschule. Wir machen hier nur ein paar Konditionsübungen und ein kleines Spielchen.« Er grinste über das ganze Gesicht. »Schönes Spielchen«, murmelte Livia. Nun lachte er laut auf: »Also, ich kann sie allein lassen?«

»Natürlich. Danke für das Handtuch.« Sie nahm es von ihrem Nacken und wollte es ihm zurückgeben. »Nein, nein. Lassen sie es noch ein bisschen dort. Für den Fall, dass ihnen doch noch schlecht wird. Oder schwarz vor Augen. Wäre nicht abwegig.« Aha, er war nicht nur ein miserabler Betreuer von Jugendlichen, er war auch noch Arzt und Klugscheißer! Sie nickte und breitete ihr Handtuch aus, um sich auf den Bauch zu legen, sein nasses Handtuch nach wie vor im Nacken. Bevor Mats dann endlich ging, rückte er es noch einmal zurecht und tätschelte ihr die Schulter. Mit einem fröhlichen »Gute Besserung!« verschwand er endlich.

Livia war am Dösen und wippte ein wenig mit den Füßen zu einem Lied von Enrique Iglesias, ihrem Lieblingssänger, das sie über die Kopfhörer ihres Mobiltelefons hörte, als sie jemand sanft am Arm anfasste. Sie schrak auf und ein stechender Schmerz durchfuhr ihren Kopf. Da war wieder Mister Keep Smiling und lächelte sie freundlich an: »Immer noch alles in Ordnung mit ihnen?«

»Alles okay, danke.« Sie hatte gehofft, er wäre irgendwann einfach gegangen. Er sah ihr tief in die Augen und stellte fest, dass sie einen ungewöhnlich grünen Farbton hatten. »Sie sind aber ziemlich bleich. Soll ich sie nicht lieber nach Hause bringen?« Sie wollte nicht unfreundlich klingen, gab ihm aber ziemlich deutlich zu verstehen: »Es ist wirklich alles in Ordnung. Ich hätte jetzt nur gerne meine Ruhe.« Mats Manning hob abwehrend die Hände und grinste schon wieder: »Ich hab verstanden. Ich mach's wieder gut! Ich lass mir was einfallen. Versprochen!« Livia stützte sich auf die Ellenbogen und musste aufpassen, dass ihr die Brüste nicht aus dem Bikini-Oberteil fielen: »Das müssen sie nicht! Wirklich! Mir geht's prima. Machen sie sich keine Sorgen, es war ganz bestimmt nicht ihre Schuld. Bitte. Ein unglücklicher Zufall.« Das ganze unterstreichend winkte sie mit den Händen ab und bemerkte – dass er nach wie vor mit diesem dämlichen Grinsen im Gesicht – unverhohlen in ihren üppigen Ausschnitt starrte. Als er jedoch bemerkte wie sie ihn böse anfunkelte, winkte er kurz und verabschiedete sich: »Wir sehen uns …« Er entfernte sich bereits als sie zwischen den Zähnen hervorstieß: »hoffentlich nicht!« Lachend drehte er sich um und rief fröhlich: »das hab' ich gehört!«

Als Livia vom Strand heimkam brummte ihr ganz ordentlich der Schädel. Sie fühlte sich als wäre sie von einem Lastwagen überfahren worden. Sie spürte jede noch so geringe Bewegung ihrer Nackenmuskulatur. Zu Hause legte sie sich auf ihr Sofa, stütze ihren Kopf mit ein paar Kissen und einer Wärmekompresse ab und steppte durch das Fernsehprogramm. Als sie alle Kanäle durchhatte und nichts Interessantes gefunden hatte, griff sie zum Laptop und begann im Internet zu surfen. Ohne wirklich zu wissen, warum sie es tat, googelte sie Mats Manning. Er war ein erfolgreicher Mittelstürmer gewesen bis ihn eine Knieverletzung ausknockte. Er hatte lange und immer wieder an seinem Comeback gearbeitet bis ihm die Ärzte alle Hoffnung nahmen und er aufgab. Immer an seiner Seite und auf unzähligen Fotos abgelichtet, seine Lebensgefährtin, Dominique. Eine Belgierin, die er schon vor seiner eigentlichen Karriere kennengelernt hatte und die ihn durch alle Höhen und Tiefen seiner Karriere begleitete. Zwischenzeitlich startete sie eine erfolgreiche Laufbahn als Model und war im Augenblick als Co-Moderatorin für eine eigene Fernseh-Quizshow im belgischen Fernsehen im Gespräch. Daher war sie noch nicht mit nach Valencia gezogen, wurde aber in den nächsten Wochen erwartet. Livia betrachtete die Fotos eingehend und kam zu der Erkenntnis, dass eine blonde Schönheit, wenn auch ohne richtig weibliche Kurven aber mit langen Beinen, automatisch in der Modelbranche landete. Wieder einmal ein Klischee das sich bestätigte. Mats und Dominique galten als ein glückliches Paar mit geschütztem Privatleben ohne Skandale. Mit einem Seufzer schloss Livia die Seite wieder und fuhr ihren Computer runter.

Mats warf seine Schlüssel in der Küche auf die Theke, stellte die Sporttasche auf dem Sessel im Wohnzimmer ab und widmete sich der Post in seinen Händen. Das meiste war Werbung und wurde gleich aussortiert. Mats war ein penibel ordentlicher Mensch und konnte Unordnung in seiner unmittelbaren Umgebung nicht ertragen.

Daher sah er der übernächsten Woche mit gemischten Gefühlen entgegen. Denn da wollte Dominique nachkommen, mit all ihren Klamotten und dem Schnickschnack und ihrem Hang, alles stehen und liegen zu lassen wo sie sich gerade befand. Es störte ihn nicht mehr, wenn er sich wieder daran gewöhnt hatte. Zu Anfang war es immer eine Umstellung wenn plötzlich wieder ihr heilloses Durcheinander herrschte aber letztendlich freute er sich sehr darauf, dass sie endlich nachkam.

Mats gab seine Sportsachen gleich in die Wäsche bevor er unter die Dusche sprang. Nachdem er sich ein Sandwich gemacht und auf der Couch Platz genommen hatte, nahm er seine Unterlagen und ging wieder einmal die ärztlichen Untersuchungsberichte seiner Spieler durch. Laut diesen Unterlagen hatte er eine top durchtrainierte Truppe, die sehr viel Einsatz aber auch Spaß in der Vorbereitung gezeigt hatte. Er war mehr als zufrieden mit den Neuverpflichtungen und sah mit großer Zuversicht dem bevorstehenden Saisonauftakt entgegen. Aber immer wieder schweiften seine Gedanken von den vor ihm liegenden Papieren ab.

Der Ball, den Livia an den Kopf bekommen hatte war für ihn bestimmt gewesen. Als er sic am Strand entlang laufen sah wurde er abgelenkt und hatte ihn verpasst. Er wusste, wie hart so ein Lederball sein konnte, vor allem wenn er einen unvermutet traf. Und Livia war trotz ihrer Sommerbräune ziemlich bleich gewesen, als sie da im Sand kniete..

Sein Handy klingelte und Mats wurde aus seinen Gedanken gerissen. Er sah aufs Display: Dominique. Er meldete sich: »Hallo du!« – »Hi,« antwortete sie. »Geht's dir gut?« wollte sie wissen. »Ja. Alles okay und bei dir?« Sie seufzte: »Es geht so. Es ist alles so viel Arbeit im Studio. Und immer diese unqualifizierten Mitarbeiter. Weißt du, da kommst du aus dem Schminkraum, stellst dich vor die Kamera, siehst dich plötzlich in Großaufnahme und denkst, um Gottes Willen, wer hat dich so angemalt?? Das macht nicht immer wirklich Spaß!«

»Hmhm,« er seufzte – allerdings nur ganz leise, fast unhörbar. »Das ist natürlich nicht schön für dich.« Und so ging es dann weiter von wegen jemand legte immer die falschen Klamotten raus und auch die Aufnahmeleitung war mit nichts zufrieden. Mats hörte geduldig zu, gab zwischendurch einen Kommentar ab und nahm es enttäuscht zur Kenntnis, als sie sagte, sie wisse noch nicht, wann sie einen Flug nach Valencia buchen könne weil die Produktion noch andauere. Sie verabredeten sich wieder zu telefonieren und legten auf. Zwei Minuten später zappte Mats durch das Fernsehprogramm und hatte das Gespräch bereits vergessen. Bevor er ins Bett ging räumte er seinen Teller in die Geschirrspülmaschine und beschloss, morgen früh im *Besitos* zu frühstücken. Er liebte Süsses und genau jetzt bekam er Lust auf diese im Fett rausgebackenen Churros bestreut mit Puderzucker und dazu einen Milchkaffee. Mit dieser Vorfreude schlief er ein.

Livia schlief schlecht in dieser Nacht. Zum einen konnte sie den Kopf kaum bewegen und fand keine geeignete

Schlafposition und zum anderen hatte sie immer das Bild vor Augen wie sie niedergestreckt im Sand kniete. Irgendwann fiel sie in einen Halbschlaf und träumte, wie Mats sie auffing, als sie umzukippen drohte und sie dann doch in den Sand fallen ließ, weil eine langbeinige Blondine mit Traummaßen über den Strand schwebte.

Gerädert erwachte sie am nächsten Morgen und konnte den Hals immer noch nicht richtig bewegen. Sie zog Jeans und ein Tank-Top an und nahm eine Wärmesalbe, dies sie in ihrer Hausapotheke noch aus Deutschland mitgebracht hatte und rieb ihren Nacken damit ein. Sie schlang ein leichtes Tuch um den Hals und so gestylt ging sie in ihr Lokal. Mama-Xabi war wie immer schon da und ihre Herdplatten liefen auf Hochtouren. Livia fragte sich manchmal, wann sie schlief oder ihren Mann zu Hause versorgte. Als sie Livia mit dem Halstuch kommen sah, zog sie die Augenbrauen hoch und fragte süffisant: »Kussfleck?«

»Haha, das müsst ich dann gerade selber gewesen sein ... » antwortete Livia ohne jedoch näher darauf einzugehen und verließ die Küche. Draußen im Restaurant kamen gerade Pedro und Javier vom Fischen zurück und brachten einen Beutel Miesmuscheln mit: »Für Lula, sie wird was damit anzufangen wissen. Vielleicht eine Paella?«

»Ich höre Paella, wo gibt's früh um halb acht schon Paella?« rief eine vertraute Stimme von der Eingangstüre. Oxi, eine enge Freundin von Livia, kam herein und sie umarmten einander. Oxana, wie die junge Frau richtig hieß, studierte Kunst in Barcelona, hatte über den Sommer Semesterferien und jobbte in dieser Zeit am Strand in einem Beachclub. Da hatten sich die beiden Frauen im vergangenen Jahr auch kennengelernt. Wann immer Oxi in Valencia war, unternahmen sie etwas zusammen.

Ihre Freundin zupfte an Livias Schal und fragte: »Wer hat sich denn in dich verbissen?«

»Schon mal was von Halsschmerzen gehört?« Livia tat empört, während sie den beiden Fischern ihr Frühstück servierte. »Gehört schon, aber im Hochsommer?« Oxi feixte. In diesem Moment betrat Mats Manning die Bar, Er sah Livia mit einem Tuch um den Hals und fragte besorgt: »Wie geht's dem Hals?« Oxi riss die Augen auf und musste sich an der Theke festhalten, sonst wäre sie vom Barhocker gefallen. »Sie waren das?« flüsterte sie beinahe ehrfürchtig. »Ja, leider.« antwortete er bedauernd. »Das war ganz anders als du jetzt denkst«, beschwichtigte Livia Oxi, die völlig perplex zwischen den beiden hin und her starrte. »Ein Unfall.« erklärte sie ihr. »Ja, sicher.« Oxi war selten sprachlos aber heute schon. Sie hatte Mats Manning sofort erkannt, sie hatte einen Blick und ein gutes Gedächtnis für Menschen des öffentlichen Lebens und im Besonderen für gutaussehende Männer.

Livia überließ die beiden sich selbst, da Oxana Mats sofort in Beschlag genommen hatte und notierte Bestellungen der neuen Gäste. Wieder an der Theke wollte sie die beiden nicht unterbrechen, da sie sehr in ein Gespräch vertieft waren. Also stellte sie vor Mats einen Milchkaffee hin, da sie sich erinnerte, wie er am Tag des

Mannschaftsfrühstücks zwei davon getrunken hatte. Für Oxana machte sie einen doppelten Espresso. Außerdem meinte sie sich zu erinnern, dass sich Mats vom Buffet zweimal von den Churros mit Puderzucker genommen hatte also stellte sie auch einen Teller davon vor ihn. Mats zog die Augenbrauen hoch, bevor er aber etwas sagen konnte, kam Oxi ihm zuvor: »Hab ich was verpasst?« Auch Mats sah Livia fragend an. »Falsch? Möchten sie etwas anderes bestellen?« fragte sie ihn. Das erste Mal seit er die Bar betreten hatte, sah sie ihn direkt an. Direkt in diese braunen Augen. »Nein. Genau deswegen bin ich hier. Aber woher wussten sie …?« Auch Oxi sah sie verwundert an, doch Livia zuckte mit den Schultern und sagte: »Gastronomischer Erfahrungsschatz …«

Während sie weiter bediente, wanderte ihr Blick immer wieder zur Theke. Oxana entsprach so ziemlich Mats' Frauenschema. Sie war groß und sehr schlank, hatte eine wilde blonde Mähne, die sie heute mit einem bunten Tuch zusammenhielt und konnte anziehen, was sie wollte. Sie sah immer tip top aus. Und er schien sie mit den Augen zu verschlingen während sie ihn zutextete. Livia seufzte. Warum fiel anderen einfach alles in den Schoß?

Dann wurde sie durch neu eintretende Gäste abgelenkt. Alvarez Castro und ein weiterer Begleiter traten ein, gefolgt vom Sonnyboy der Mannschaft. Livia dachte, wenn sie zehn Jahre jünger wäre, wäre das genau ihr Typ. Ein typischer Teenie-Schwarm. Marc Fletcher war zwanzig

Jahre jung, trug eine Jeans, die mehr Löcher hatte als ihr guttat und hatte die Haare zu einem aktuell angesagten Undercut gestylt. Er strahlte pure Lebenslust aus. Für einen Engländer war er aufgrund seiner zweiten Saison in Valencia bereits gut gebräunt und brachte die Mädchen mit seinem englisch-nasalem Spanisch reihenweise um den Verstand. Livia hatte immer wieder davon gehört, dass sein Auftreten in der Öffentlichkeit dem eines Popstars gleichkam. Obwohl sie beim Mannschaftsfrühstück eher den Eindruck gewonnen hatte er sei ein wenig schüchtern.

»Aber hallo! Der Trainer. Alleine hier? Wer achtet denn dann auf deine Ernährung?« Alvarez klopfte dem Coach freundschaftlich auf die Schulter. »Da braucht niemand drauf zu achten. Ich bin hier um auf euch aufzupassen. Wusste ich es doch, dass es euch zu Eiern und Speck zurückzieht.« brummte Mats. Mats und Alvarez kannten sich schon ein paar Jahre durch gemeinsame Engagements bei zwei Vereinen in der Vergangenheit. Sie waren mittlerweile gute Freunde, auch Dominique kam gut mit Kelly aus, was unter den Spielerfrauen keine Selbstverständlichkeit war. Alvarez entgegnete: »Keine Sorge, das laufen wir am Samstag gegen Madrid alles wieder runter.« Livia lief gerade mit den Händen voller Teller aus der Küche an der Theke vorbei als sie hörte wie der Trainer sagte: »Gut dass ihr den Physio dabei habt, er kann sich vielleicht mal ihren Hals ansehen.« Mit dem Kopf deutete er auf Livia. Um ein Haar hätte sie das Geschirr fallen lassen. Warum nur konnte er einfach keine Ruhe geben? Alvarez zog die Augenbrauen hoch: »Warum? Wer hat dir denn den Kopf verdreht?« Sie rollte mit den Augen und seufzte: »Niemand hat mir den Kopf verdreht. Alles in Ordnung. Mir geht es gut!« Mit beiden Händen unterstrich sie diese Aussage nachdem sie die Teller auf einem Tisch abgestellt hatte. Mats zuckte mit den Schultern: »Lassen sie ihn doch wenigstens mal fühlen.« Beinahe barsch gab sie zurück: »Mich fasst hier keiner an!« Oxana folgte dem Wortwechsel aufmerksam. Der Physiotherapeut mischte sich ein, indem er sagte: »Wenn ich helfen kann, lassen sie es mich wissen. Aber oft hilft schon eine Nackenmassage.«

»Das kann ich ja machen, wir sind ja so gut wie verlobt.« Andres, der ihr bereits am Vortag einen Antrag gemacht hatte machte die Situation durch seine Sprüche für Livia nicht gerade erträglicher. »Himmel, Livia! Verlobt! Ich war eine Woche nicht hier. Was hast du getan?« Oxi starrte Livia mit aufgerissenen Augen an. Die schüttelte nur den Kopf.

Als Alvarez, der Physiotherapeut Raul, Andres und Marc Fletcher sich an einen Tisch setzten, nahm Mats mit seinem Kaffee ebenfalls an diesem Tisch Platz. Oxana zog wie selbstverständlich mit der Gruppe um. Während Livia die Bestellung der Neuankömmlinge aufnahm, registrierte sie die strafenden Blicke ihrer Freundin. Sie war sich jedoch keiner Schuld bewusst, ihr von den Ereignissen der vergangenen Tage nichts erzählt zu haben. Sie waren für sie selbst bedeutungslos gewesen, dachte sie zumindest. Während sie das Frühstück servierte bekam sie mit, wie die anderen Oxana über den vermeintlichen Heiratsantrag aufklärten. Empört nahm sie zur Kenntnis als ihre Freundin sie plötzlich anzubieten schien wie einen alten Esel: »Also, Jungs. Wenn ihr aber einen echten Interessenten habt, Livia wäre nicht abgeneigt, oder Livia?«

»Ich bin vor allem nicht abgeneigt, dich gleich hochkant hier rauszuwerfen, wenn du nicht damit aufhörst!« Livia fand es nicht besonders lustig, sich hier die Blöße geben zu müssen, allein und vermittlungsbedürftig zu sein. Die anderen fanden den Schlagabtausch ganz amüsant und fassten sich an die Stirn: »Lass mich mal überlegen, was ist mit unserem Greenkeeper?« witzelte Raul, »ganz frisch ist der nicht mehr, aber vielleicht hat er was auf der hohen Kante? Dann lohnt es sich wenigstens.« Alvarez hatte natürlich auch eine Idee: »Oder der Paolo unser Betreuer, der macht manchmal die Musik im Bus. Der hat Rhythmus im Blut. Chachacha …« Livia hörte gar nicht zu, sondern ging zu Lula in die Küche um schmutziges Geschirr abzustellen. Keiner sollte die Tränen in ihren Augen sehen. Die hatten gut lachen da draußen. Sie hatten ein sorgenfreies Leben, mussten sich nicht den Kopf darüber zerbrechen, wie sie allein finanziell über die Wintermonate kamen Die meisten lebten vermutlich auch in glücklichen Beziehungen und schienen Spaß daraus zu haben, sich über sie lustig zu machen. Das erste Mal wurde ihr so richtig bewusst, wie allein sie war.

Während Livia weiter anderen Gästen ihr Frühstück servierte und Tische abräumte blickte sie immer wieder verstohlen zu dem Tisch an dem nach wie vor Oxana saß und sich angeregt unterhielt. Jedes Mal sah Mats Manning in ihre Richtung, was sie verwirrte. Bestimmt hatte er Mitleid mit ihr, dem Mauerblümchen. Sie erinnerte sich an die Aufnahmen die sie im Internet von seiner Freundin gesehen hatte. Irgendwie musste sie plötzlich an Florian und Margit denken.

Alvarez und die anderen verabschiedeten und auch Oxana war im Begriff aufzubrechen. Sie musste langsam in den Beachclub, ihre Schicht antreten. Livia bekam mit, wie sie eingeladen wurde, am nächsten Samstag zum ersten Heimspiel in der Saison ins Stadion zu kommen. Oxi versprach zu kommen, wenn sie rechtzeitig eine Karte bekäme. »Möchten sie auch kommen, Livia?« fragte sie der Physiotherapeut. Bevor sie den Mund aufmachen konnte, antwortete Oxana für sie: »Livia kommt bestimmt gerne. Aber eigentlich mehr wegen dem Gegner. Sie steht nämlich total auf Jesus Ramirez.« Das war ein Verteidiger in der Mannschaft des Gegners des RCD Valencia in deren erstem Saisonspiel. Livia hatte Oxana einmal – im Vertrauen wohlgemerkt – erzählt, dass sie ihn unheimlich sexy fand. Das bereute sie jetzt zutiefst. Vor allem als sie sah, wie Mats seine Augenbrauen hochzog und kaum merklich grinste. Alvarez fand dies auch zum Schmunzeln und bemerkte: »Na, da werden wir uns dann mal ins Zeug legen und den guten Jesus alt aussehen lassen!«

******

Am Nachmittag schlenderte Livia am Strand entlang auf dem Weg zu der Stelle, an der sie gewöhnlich ihr Handtuch ausbreitete. Überrascht stellte sie fest, dass da heute schon jemand lag und dies an einem Stück Strand, an dem sonst eigentlich nicht viel los war. Es lagen nur ein paar Boote hier, von den Fischern umgekehrt zum Trocknen abgelegt wenn sie am Morgen vom Fischfang heimkehrten.

Sie ging also ein Stück weiter und bevor sie ihre Tasche in den Sand stellte, sah sie nochmals hinüber zu ihrem üblichen Platz. Ein Typ mit Base-Cap lag auf dem Bauch, das Gesicht in den Armen verborgen. Trotzdem kam ihr der Typ bekannt vor. Sie wollte gerade ein wenig weitergehen und sich zwischen den Booten versteckt niederlassen. Da hob er den Kopf und sah in ihre Richtung. Mats Manning. Ihr stockte der Atem und dann hoffte sie, das Meer würde sich teilen und sie könnte darin verschwinden. Dieser Umstand aber war ihr nicht vergönnt. Lässig winkte er herüber: »Hallo.« Sie winkte ihm zu und grüßte zurück. Dabei entdeckte sie zu ihrem Entsetzen ein zweites Handtuch neben seinem und eine Badetasche, die zweifellos einer Frau zu gehören schien. Die in diesem Moment auch aus dem Wasser kam. Mats sprang auf um ihr ein Handtuch zu reichen. Livia zwang sich nicht hinzusehen während sie ihr Handtuch ein Stück weiter weg auslegte. Was war nur los mit ihr? Sie hatte in der jüngsten Vergangenheit nie den Drang verspürt, sich mit Männern zu beschäftigen. Warum nur brachte sie dieser Mats Manning so aus dem Gleichgewicht?

Livia legte sich auf den Rücken, setzte ihre Sonnenbrille auf, steckte sich die Kopfhörer ihres Handys ins Ohr und stellte die Musik so laut, damit sie nicht in Versuchung kam, ein Gespräch von nebenan mitzubekommen.

Mats hielt Hannah das Handtuch hin damit sie sich abtrocknen konnte. Er verspürte langsam Hunger, da er seit dem Frühstück nichts mehr gegessen hatte. Er hatte bereits versucht, ihr das klar zu machen, bevor sie ins Wasser gegangen war. Trotzdem blieb sie extrem lange draußen. Kam ihm jedenfalls so vor. »Beeil dich mal ein bisschen,« brummte er. »Du hast frei, ich hab ein paar Tage Urlaub. Also mach keinen Stress jetzt.« gab sie fröhlich zurück. Hannah war einige Tage aus Washington, wo sie studierte, nach Valencia gekommen, um ihren Bruder zu besuchen. »Auch wenn ich frei hab, hab ich jetzt Hunger und wenn wir nicht bald losgehen, schaff ich es nicht mehr bis nach da vorne zur Bude weil ich vor Schwäche zusammenbreche.«

»Du Armer!« lachte Hannah, wuschelte ihm durch die Haare und setzte ihm seine Baseball-Mütze wieder auf. Sie packte ihre Sachen in die Tasche und warf sie sich über die Schulter. Mats nahm die Handtücher und seine Schuhe. Als er zu Livia hinüber sah, lag diese auf dem Bauch und schien zu schlafen. Also sagte er nichts und ging neben Hannah in Richtung Beach-Bar.

Livia währenddessen schlief überhaupt nicht. Ganz im Gegenteil. Selten war sie so aufgewühlt gewesen. Gestern hatte sie noch im Internet die Bilder von Mats' Freundin gesehen, die derzeit wohl bis zum Hals in Arbeit zu stecken schien und ihn deshalb noch nicht nach Valencia begleiten konnte. Und heute lag er mit einer Frau völlig anderen Typs am Strand und berührte sie ganz offensichtlich zärtlich. Die junge Frau war vom Typ her komplett anders als Dominique, nämlich klein und sportlich, hatte brünette glatte Haare und machte nicht den Anschein, sehr auf ihr Äußeres Wert zu legen. Hatte sie auch gar nicht nötig. Sie war eine natürlich attraktive junge Frau, auch ohne Make-Up.

Livia wollte sich nicht weiter mit den beiden beschäftigen und entschied auf eine Feierabend-Caipirinha zu Oxana in den Beach-Club zu gehen. Dort angekommen setzte ihr Herzschlag für einen Moment aus. Oxana bediente gerade sehr gestenreich Mats Manning und seine Freundin. Livia wollte hinter einem Sonnenschirm wieder umdrehen, als sie entdeckt wurde. Das zweite Mal an diesem Tag. »Hei!« rief Oxi. »Siehst du, deine Gäste sind auch meine Gäste! Komm doch rüber!«

»Nein«, erwiderte Livia, »ich will nicht stören. Ich setz mich zu dir an die Bar.«

»Quatsch. Sie stören nicht.« Mats Manning stand bereits auf und schob ihr den Stuhl an seiner Seite zurück, damit sie sich setzen konnte. Etwas eingeschüchtert nahm sie Platz und hoffte, nicht rot zu werden. Oxana fiel es immer viel leichter, Kontakt mit Fremden aufzunehmen. Sie fiel stets gleich mit der Tür ins Haus. Livia war da wesentlich zurückhaltender. Mats Freundin stand auf und gab ihr die Hand: »Hallo. Ich bin Hannah.«

»Livia. Freut mich.« Oxana rief beim Weggehen Livia zu: »Für dich wie immer, ja?« Livia nickte und bestellte in Gedanken am besten gleich zwei. »Ich bin neugierig. Was ist wie immer?« fragte Hannah.

»Ach, ich nehm' gerne mal einen Feierabend-Caipi hier draußen« antwortete Livia. »Da haben wir den gleichen Geschmack!« jubelte Hannah. »Ich liebe Sonnenuntergänge am Meer zusammen mit einer Caipirinha in der Hand.« Livia fing an, Hannah sympathisch zu finden, ob sie wollte oder nicht. »Du trinkst Caipirinhas in jeder Situation, egal ob die Sonne auf oder unter geht«, bemerkte Mats trocken. »Spielverderber. Große Brüder können echt die Pest sein!« schmollte Hannah. Großer Bruder! Für Livia schien plötzlich die Sonne wieder aufzugehen. So war das also, seine Schwester. Nun fand sie Hannah erst recht sympathisch. Und plötzlich kam auch eine angeregte Unterhaltung zugange, in die sich Oxana so oft es die Arbeit erlaubte, einmischte. Und irgendwann ging tatsächlich rotgolden die Sonne im Meer unter. Ganz langsam. Es war ein magischer Augenblick als sie noch halb aus dem Meer ragte, das Licht aber schon nachließ. Als Livia sich etwas zur Seite drehte um aufs Meer hinaus zu sehen, sah sie direkt in Mats dunkle Augen, der sie unverwandt anstarrte. »Wenn die Sonne im Meer versinkt darf man sich was wünschen ... Vielleicht dass jemand den Ramirez nach Valencia holt??« unterbrach Oxi diesen magischen Moment mit den Augen zwinkernd. »Sie sind ganz schön besessen von Jesus oder wie muss ich das verstehen?« Mats sah Livia fragend an. Aber bevor sie ihm antworten konnte beziehungsweise Oxana die Leviten lesen konnte, tat diese empört: »Kinder, ihr sitzt den ganzen Abend hier bei lecker Cocktails und seid immer noch per Sie. Wenn das hier kein Augenblick für einen Kuss ist, wann dann?« mit hochgezogenen Augenbrauen sah sie in die Runde. »Genau!« bestätigte Hannah, die Livia schon vom ersten Moment mit Du ansprach. »Ok?« Mats sah fragend zu Livia. Die hob als Antwort ihr Glas und prostete ihm zu. In der Hoffnung, keiner und vor allem er nicht, bemerkte in der Dämmerung wie ihre Hand zitterte. Er lächelte ihr zu und sagte »Mats« und sie antwortete »Livia«. Dann tranken sie beide einen Schluck. Schließlich kam Mats ihr mit dem Gesicht entgegen und als sich ihre Lippen berührten, wusste Livia nicht mehr, ob die Sonne je wieder auf ging. Sie hätte ihn ewig küssen können. Er schmeckte nach Meer und Bier und Mann und nach etwas, dass sie lange nicht gespürt hatte und jetzt erst merkte, wie sehr es ihr gefehlt hatte, nach Abenteuer. Auch Mats schien den Kuss nicht sogleich wieder beenden zu wollen. Als er sich zurücklehnte, fuhr er sich mit der Zunge über die Lippen. Dann löste er die auffällige Stille am Tisch auf und sprach eher nur mit sich als zu ihr: »Jesus weiß gar nicht was ihm entgeht!« Damit entschärfte er die energiegeladene Spannung und alle lachten über diesen Scherz. Er selbst aber blieb verwirrt bei seinen Gedanken über diesen Kuss, der ihn irgendwie tief berührt hatte. Die Gespräche gingen weiter ohne dass er noch konstruktiv daran teilnahm. Immer wieder sah er zu Livia, die sich angeregt mit Hannah unterhielt. Ihren geröteten Wangen war zu entnehmen, dass sie die zweite Caipirinha nicht einfach so weggesteckt hatte, sondern auch zu spüren schien. Als sie auf die Uhr sah und erschrocken bemerkte, dass es für sie höchste Zeit war aufzubrechen, war er richtiggehend erleichtert. Auch er wollte nach Hause gehen und seine Gedanken sortieren. Schließlich kam Dominique bald …

******

Die nächsten Tage verbrachte Mats mit den Vorbereitungen für das erste Heimspiel. Die letzten Trainingseinheiten sollten ihm Aufschluss darüber geben, wer in der Startaufstellung stand. Im Großen und Ganzen hatte er schon eine Formation vor Augen, wollte aber auch die Spieler berücksichtigen, die sich im Trainingslager und in den letzten Vorbereitungen besonders eingebracht hatten. Am Nachmittag zuvor hatte Dominique angerufen als er gerade unter der Dusche stand. Er könne jetzt nicht zurückrufen weil sie gleich wieder los müsse, aber sie wollte ihm viel Glück wünschen für das Spiel am Samstag zu dem sie nun doch leider nicht anreisen könne. Die Dreharbeiten seien immer noch nicht abgeschlossen und sie sei darüber sehr verärgert. Als Mats den Anrufbeantworter abgehört und gleich wieder gelöscht hatte, kam er ins Grübeln bei dem Gedanken, ob ein Kuss von Dominique ihn in letzter Zeit so zum Nachdenken gebracht hatte wie der von Livia, deren weiche Lippen er nicht aus seiner Erinnerung verbannen konnte. Er hatte sie seither nicht wiedergesehen und war sich auch nicht sicher, wie er ihr gegenüber treten sollte. Schließlich kannte er ihre

Gefühle für ihn nicht und im Grunde sollte er auch keine Gefühle für sie haben.

Am Freitagmorgen half Livia in der Küche mit, da eine größere Gruppe Touristen erst spät am Vormittag in die Bar gekommen war und ein umfangreiches Frühstück bestellt hatte. Als sie beide Hände voll beladen rückwärts aus der Küche kam, ließ sie beinahe alles fallen: Mats saß an der Theke. Seit Tagen war er nicht mehr da gewesen und sie hatte heute zu allerletzt mit ihm gerechnet. Eigentlich hatte sie gar nicht mehr mit ihm gerechnet nach dem gemeinsamen Abend im Beach-Club. Und nun saß er da, als sei nie etwas gewesen, sah verboten gut aus in hellblauem Polo-Shirt und verwaschenen Jeans. Die Haare fielen ihm in leichten Wellen bis fast auf die Schulter und den Drei-Tage-Bart hatte er abrasiert. Er trug obligatorische Sportschuhe und den Gesichtsausdruck eines Mannes, den nichts erschüttern konnte. Sie nickte ihm zu und fragte: »Wie immer?« Mats bejahte, lächelte ihr zu, so dass zwei Grübchen zum Vorschein kamen und kramte sein Handy aus der Hosentasche um seine Mails zu lesen. Livia war froh, dass er sie nicht weiter beachtete. Sie rief in die Küche: «Noch einmal Churros süß!« Danach stellte sie eine Tasse für einen Milchkaffee unter den Auslauf des Kaffeeautomaten und drückte die entsprechende Taste. So lange der Kaffee durchlief brachte sie weitere Bestellungen an die Tische. Sie war heilfroh, so beschäftigt zu sein, denn somit musste sie nicht hinter der Theke stehenbleiben und Konversation betreiben, was ihm vielleicht unangenehm wäre. Lula schob die Portion Churros aus der Durchreiche der Küche und als sie Mats an der Theke sitzen sah, kam sie heraus. Freudestrahlend wischte sie ihre Hände an der Schürze trocken und reichte sie ihm zur Begrüßung: »Dass du heute noch Zeit hast für ein Frühstück!«

»Ich nehm' sie mir einfach. Ein gutes Frühstück ist die Grundlage für einen gelungenen Tag!« Er sprach dies in Richtung Livia, die gerade wieder zurück zur Theke kam um ihm seine Tasse hinzustellen. Die Augenbrauen hochziehend blickte sie fragend auf seinen Teller und bemerkte: »Gutes Frühstück ist reine Ansichtssache.« Er schmunzelte und biss genussvoll in ein Churro. Livia begann die frei gewordenen Tische abzuräumen und das Geschirr in die Küche zu tragen. Heute war wirklich viel los. Gleich würden schon die ersten Mittagsgäste kommen und sie musste die Tische neu eindecken. Somit kam sie gar nicht in die Verlegenheit, sich lange an der Theke aufzuhalten und gezwungenermaßen mit Mats zu sprechen. Daher bemerkte sie auch gar nicht, wie er das Geld neben sein Geschirr legte und seine Jacke nahm. Erst als er im Vorbeigehen ihren Arm streifte und ihr ›hasta la proxima, (bis zum nächsten Mal)‹, zurief, bekam sie mit, dass er zu Ende gefrühstückt hatte und ging. Sie räumte weiter ab und als die freigewordenen Tische sauber waren, nahm sie auch sein Gedeck von der Theke. Neben dem Geld lag unter dem Teller ein Umschlag. Nachdem ihr Name draufstand öffnete sie ihn. Es enthielt eine Eintrittskarte für das Spiel am Samstagabend. Auf dem aufgeklebten Notizzettel stand mit geradliniger Schrift: ›Jesus und ich würden uns freuen!‹

Sie hatte plötzlich das Gefühl als würde die Erde sich schneller drehen und die Sonne heller strahlen.

******

Als Livia ins Stadion kam war es bereits gut gefüllt. Sie hatte einen tollen Platz hinter der Heimmannschaft bekommen. Ziemlich nah am Spielfeldrand aber trotzdem mit guter Übersicht über das gesamte Feld. Livia liebte die Stadion-Atmosphäre mit den Gesängen der Fans, dem Schwingen vieler Fahnen und der spürbaren Anspannung von Zuschauern und Mannschaften. Sie war ein wenig amüsiert über die Notiz von Mats, dass sich Jesus auch freuen würde. Jesus kannte sie überhaupt nicht. Livia hatte ihn letztes Jahr das erste Mal live spielen sehen als sie zusammen mit Oxana ein Supercup-Spiel zwischen Barcelona und Madrid besuchte, das in Valencia ausgetragen wurde. Sie war damals begeistert von seiner großartigen Leistung, soweit sie diese beurteilen konnte. Gleichzeitig entsprach er der Vorstellung ihres ›Traummannes‹ was Aussehen und die durchtrainierte Figur anging. In ihren Augen war er ein durchweg attraktiver Mann. Sie liebte es, wenn der das Trikot hochzog um sich den Schweiß vom Gesicht zu wischen und seinen Sixpack präsentierte. Ein sehr schön definierter Sixpack! Außerdem hatte er eine Menge Tattoos, die bei ihm einfach super aussahen. Seither war sie ein großer Anhänger von ihm und seinem Heimatverein Madrid und las interessiert sämtliche Zeitungsberichte über ihn und seinen Werdegang. Keinesfalls aber stellte sie ihm nach oder verfolgte ihn in irgendeiner Art. Lediglich Oxana machte sich immer wieder einen Spaß daraus, sie mit ihm aufzuziehen. Livia hatte in einer spanischen Illustrierten gelesen hatte, dass er eine feste Freundin hatte und sehr glücklich wäre, was sich auch auf seine Leistungen auswirkte. Er spielte seit Jahren auch schon in der Nationalmannschaft und zwar stets zuverlässig und konstant.

Das Spiel wurde pünktlich um Punkt 20.30 Uhr angepfiffen und es ging auch sofort richtig zur Sache. Es lief rauf und runter und beide Mannschaften spielten nicht auf Sicherheit, sondern gleich volles Risiko. So kam es, dass es auf beiden Seiten große Chancen gab. Es war kein vorsichtiges Abtasten, da beide Teams sich ihrer Stärken und deren des Gegners bewusst waren. Marc Fletcher hatte in der dreiunddreißigsten Minute die größte Möglichkeit, als er allein vor dem Torhüter der Madrilenen nur den Pfosten traf. Immer wieder erhob sich das Publikum halb von seinen Sitzen, auf dem Sprung zum Torjubel. Livia hatte auch die Gelegenheit, Mats zu beobachten, der wie festgewachsen am Rand der Coaching-Zone stand und konzentriert das Spiel seiner Mannschaft verfolgte. Immer wieder rief er seinem Co-Trainer etwas zu, das dieser in sein Notizbuch schrieb. Die Mannschaften gingen mit einem null zu null in die Halbzeitpause.

Livia holte sich in der Halbzeitpause ein Bier und ein Bocadillo, ein belegtes Brötchen. Das gehörte zum Stadionbesuch unbedingt dazu. Und nachdem sie die Eintrittskarte ja umsonst bekommen hatte, konnte sie sich das auf jeden Fall auch leisten. Es machte ihr auch nichts aus allein unter diesen vielen Menschen zu sein oder allein in der Schlange am Bierstand zu stehen. Hier waren alle aus demselben Grund im Stadion und somit miteinander verbunden. Die ältere Frau, die auf dem Platz neben ihr saß, hatte Livia auch schon zweimal am Arm gepackt als es besonders gefährlich für Valencia wurde. Sie hatte sich jedes Mal peinlich berührt entschuldigt, aber Livia fand es nur amüsant und nahm die Entschuldigung lächelnd an.

Die zweite Halbzeit begann wie die erste aufgehört hatte. Ständiges Anrennen in den gegnerischen Strafraum und großartige Chancen auf beiden Seiten. Plötzlich tauchte Marc Fletcher allein vor dem Tor der Mannschaft aus Madrid auf und sah sich nur noch Jesus Ramirez gegenüber. Der sah keine andere Möglichkeit als in Marc hineinzulaufen und ihn am Trikot ziehend am Torschuss zu hindern. Der Schiedsrichter zögerte keine Sekunde und pfiff um dieses Foul anzuzeigen und auf den Elfmeterpunkt zu weisen, da das Foul im Strafraum passierte. Jesus konnte es nicht fassen und rannte wütend auf den Unparteiischen zu. Dieser wiederum zog sogleich noch die gelbe Karte aus seiner Brusttasche um sie gegen ihn hochzuhalten. Jesus Ramirez griff sich an den Kopf und sein Gesicht sprach Bände. Niemals hatte er die Aktion als böses Foul angesehen, der Schiedsrichter aber deutete ihm per Handzeichen das Trikotziehen an und bekräftigte damit seine Entscheidung. Die Spieler des RCD Valencia waren hiervon indes unbeeindruckt und Alvarez Castro, als ausgewählter Elfmeterschütze, hatte sich den Ball schon auf den Punkt gelegt und war in seine Art Konzentrationsphase versunken. Der Schiedsrichter beordete alle Spieler nach außerhalb des Strafraums und deutete mit einem Pfiff an den Strafstoß auszuführen. Unter dem Pfeifkonzert der mitgereisten Madrid-Fans nahm Alvarez den notwendigen Anlauf, stoppte kurz vor dem Elfmeterpunkt und versenkte den Ball zum 1 zu 0 links unten in der Ecke. Der Torhüter der Madrilenen flog in die falsche Ecke und die Zuschauer sprangen auf. Die Spieler auf dem Platz bildeten ein Knäuel um den Torschützen. Livias Platznachbarin lag ihr plötzlich in den Armen und hüpfte vor Freude auf und ab. Livia sprang mit ihr obwohl ihr im geheimen Jesus ein wenig leid tat. Es gab genug Schiedsrichter, die dieses Foul niemals gepfiffen hätten. Aber das Spiel ging schon wieder weiter. Nun wurden die Angriffe der Gäste etwas aggressiver, denn kein Team wollte mit einer Niederlage in die neue Saison starten.

Mats feuerte jetzt seine Spieler vehement an, nicht nachzulassen und das zweite Tor nachzulegen. Trotz der sehr guten Defensivarbeit des Gegners kamen sie immer wieder gefährlich in den Strafraum. Und sie drangen meistens über die rechte Seite ein, auf der Jesus Ramirez verteidigte und der wegen seiner gelben Karte mit angezogener Handbremse spielen musste. Letztendlich blieb es aber beim eins zu null für den RCD Valencia und die

Spieler waren nach dem Abpfiff überglücklich über dieses Ergebnis. Das Spiel hatte sehr viel Kraft gekostet und war bis zum Schluss offen gewesen. Auch Mats reckte die Faust in die Luft, als er nach Spielschluss auf den Rasen zu seinen Spielern lief. Es war für ihn ein gelungener Saisonauftakt als neuer Trainer bei einem großen Verein.

Livia verließ das Stadion im Sog der anderen Zuschauer. Der Vorteil der Menschenmassen war, dass sie nicht allein mit der U-Bahn nach Hause fahren musste, sondern mit vielen Leuten zusammen am Bahnsteig stand. Da sie ihre finanziellen Möglichkeiten immer genauestens abzuwägen hatte, besaß sie kein Auto. Was in Valencia kein Nachteil war, da alle Vororte gut und schnell mit der U-Bahn zu erreichen waren und die City nicht mit einem Überangebot an Parkplätzen glänzte. Während sie in der vollbesetzten Bahn aus der Stadt fuhr, beschloss sie noch am Strand in der Beach-Bar vorbei zu schauen. Sie war voll aufgedreht und kein bisschen müde und am Wochenende legte manchmal ein Freund von Carlos, dem Club-Chef, Musik auf und Livia war jetzt nach Tanzen.

Mats saß zusammen mit seinem Kapitän noch bei der Presse-Konferenz und beantwortete die Fragen der Reporter. Langsam fiel die Anspannung von ihm ab und er sehnte das Ende der Veranstaltung herbei, da er langsam Hunger verspürte und Angst bekam, durch die Mikrofone könnte man das Magenknurren hören. Die Mannschaft war bereits gemeinsam beim Essen und er selbst hatte seit dem frühen Nachmittag außer einem Kaffee und einem Stück Kuchen nichts mehr gegessen. Während die Fragen nun an Alvarez und sein Elfmeter-Tor gestellt wurden, sah er verstohlen auf sein Handy. Er hatte Dominique in einer ruhigen Minute nach dem Spiel eine kurze Handy-Nachricht über seinen Erfolg geschickt und bisher keine Antwort erhalten. Er war ein wenig verwundert darüber, denn er konnte sich nicht vorstellen, dass sie nach elf Uhr abends noch im Studio war.

Endlich war die Pressekonferenz vorbei und Mats konnte sich von den Offiziellen des Vereins und vereinzelt noch anwesenden Medienvertretern verabschieden. Zusammen mit seinem Mannschaftskapitän ging er zum Aufzug um in den dritten Stock zu fahren wo sich das Clubrestaurant befand. An einem Tisch fand er seinen Co-Trainer, den Physiotherapeuten und Franco Ramses, den Sportdirektor. Er setzte sich dazu und bestellte ein Bier. Der Kellner brachte ihm ein Estrella, ein typisch spanisches Bier, und eine Vorspeisenplatte. Mats musste sich bremsen, um nicht direkt über das Essen herzufallen. Er beteiligte sich nicht sofort am Gespräch seiner Teamkollegen sondern konzentrierte sich auf seinen Teller. Im Hintergrund hörte er wie seine Spieler sich lautstark über den Sieg unterhielten. Er fragte den Physio: »Irgendwelche nennenswerten Verletzungen?«

»Nicht wirklich. Kleinere Blessuren, aber nichts was dringend behandelt werden müsste.« antwortete dieser.

»Bei Marc ist der Knöchel etwas angeschwollen, aber

fürs erste reicht ein bisschen Schonung.« Das waren in Mats' Augen gute Nachrichten und er lehnte sich zufrieden in seinem Stuhl zurück, als der Kellner ihm eine weitere Platte mit dem Hauptgericht brachte. Leckere Lammsteaks mit in Speck gewickelten Bohnen und wilden Kartoffeln mit Aijoli ließen ihm das Wasser im Mund zusammenlaufen. Und nachdem die anderen am Tisch bereits gegessen hatten und schon bei Espresso oder ein Glas Cognac saßen überließ er ihnen den Großteil der Unterhaltung.

Marc Fletcher saß seitlich am Tisch und hatte seinen Fuß an dem der Knöchel angeschwollen war auf einem Stuhl hoch gelagert. Gerade versuchte er Paolo, einen Außenverteidiger auf seine Seite zu ziehen und wollte ihm eine Party schmackhaft machen. Ziel dieses Versuches war, eine Fahrgelegenheit zu finden, denn mit seinem Knöchel sah es nicht so aus, als könne er selbst Autofahren. Paolo schien nicht abgeneigt, allerdings wollte er in der City bleiben und Marc wollte irgendwo außerhalb in eine Strandbar. Schließlich konnte er zwei andere Mitspieler überzeugen, als Alvarez sich zu Wort meldete: »Du gehst besser heim und legst den Fuß hoch als jetzt noch in der Disco aufzudrehen!« Bedächtig drehte sich Marc zu ihm um und grinste: »Nur weil du Frau und Kind zu Hause hast, musst du nicht mir den Spaß verderben wollen.« Henry, der Mittelstürmer, der sich gerade mit Alvarez' Frau Kelly unterhalten hatte, mischte sich in das Gespräch ein: »Alva, ich kann mich um deine Frau kümmern, wenn du mit den jungen Wilden losziehen willst.« Bedeutungsvoll zwinkerte er mit den Augen und stieß Kelly an. Alvarez' Frau saß am Kopfende des Tisches und schob sanft einen Kinderwagen hin und her in dem ihre sechs Monate alte Tochter Maxim schlief. Sie lachte leise auf und sagte zu Henry: »Du kannst dich ja um die Kleine hier kümmern und ich geh mit dem alten Mann auch tanzen.« Gespielt empört rief Alvarez in ihre Richtung: »Der alte Mann wird dir heute Nacht noch zeigen, wozu er im reifen Alter fähig ist. Aber Tanzen kannst du vergessen! Das Rumgehüpfe ist doch was für den Kindergarten!«

Mats nahm das Geplänkel seiner Spieler nur am Rand wahr. Er hatte wiederholt auf sein Handy gesehen auf dem Nachrichten und Glückwünsche aller Art und von sämtlichen Bekannten eingegangen waren nur nicht von Dominique. Nach wie vor konnte er sich es nicht erklären, warum sie sich nicht meldete. Es sei denn, sie war früh schlafen gegangen oder der Akku war leer und sie hatte es nicht bemerkt. Während er seinen Gedanken nachhing, beschloss er, auch langsam den Rückzug anzutreten und nach Hause zu fahren. Ein paar seiner Kollegen und auch einige Spieler waren ebenfalls bereits gegangen. Die Anspannung des Tages löste sich auf und nachdem er nun auch gut gegessen hatte, spürte er, wie ihn Müdigkeit befiel. Er verabschiedete sich von allen, dankte seinen Spielern nochmals persönlich für die gute Leistung und verließ das Clubhaus.

******

Als Livia im Beach-Club ankam war schon ziemlich Partystimmung. Sie vernahm gängige Tanzmusik und sah viele Leute auf dem Podest, das Carlos als Tanzfläche zusammengebaut hatte. Alle Tische waren belegt und auch an der Bar standen Leute. Oxana wirbelt mit ihrem Tablett zwischen den Tischen und Gästen und hatte offensichtlich alle Hände voll zu tun. Als sie Livia sah, stellte sie das Tablett an der Theke ab und küsste sie auf die Wange. »Da hinten rechts sind Pedro und die anderen.« Sie deutete hinter sich und Livia folgte ihrer Handbewegung. Tatsächlich saßen dort Pedro und Javier mit ihren Frauen. Javiers Frau Lucia war eine bekannte Flamenco-Tänzerin, die eine Flamenco-Schule betrieb und immer wieder auf Veranstaltungen auftrat. Livia, die schon lange eine große Anhängerin des Flamencos war, hatte Lucia schon oft tanzen sehen und war ebenso oft schon drauf und dran gewesen, offiziell Unterrichtsstunden bei ihr zu nehmen, scheute jedoch immer die Kosten. Manchmal lud Lucia sie in die Tanzschule ein und studierte ein paar Schritte mit ihr. Livia war im Grunde nicht zu geizig um Geld für den Unterricht auszugeben – sie hatte es nur im Moment nicht übrig.

Als sie zu den anderen an den Tisch kam, wurde sie freudig begrüßt und Pablo, Pedros Bruder, rückte ihr einen Stuhl zurück, damit sie sich setzen konnte. Oxana brachte ihr ungefragt einen Caipirinha. Man kannte sich ... Natürlich war das Fußball-Spiel das Gesprächsthema Nummer eins am Tisch. Da erst bemerkte Livia

Hannah, Mats' Schwester, die gerade von der Tanzfläche zurückkam. Mit erhitzten Wangen ließ sie sich auf einen Stuhl fallen und sah auf ihr Handy. Ihre Augen blitzten vergnügt, als sie verkündete: »Marc kommt auch noch!« Livia sah sich verstohlen in der Runde um, aber keiner außer ihr schien Hannahs Strahlen zu bemerken. Sie selber war immer noch so voller Adrenalin, dass es sie nicht lange auf den Stuhl hielt, sondern freudig zustimmte, als Pablo, Pedro und Lucia sie mit zur Tanzfläche nehmen wollten. Dort ließ sie sich vom Rhythmus treiben und spürte den Bass am ganzen Körper.

Als Mats zu seinem Auto, einem schwarzen Porsche Carrera, ging, standen Raul und Fabio, sein Co-Trainer, bei ihren Autos und wollten gerade einsteigen. »Kommst du noch mit in den Beach-Club?« fragte ihn Fabio. »Was wollt ihr so spät da noch?« Mats hatte eigentlich keine richtige Lust. Der Abend war nicht so verlaufen, wie er nach einem solch großartigen Sieg hätte sein sollen. Ihm wollte nicht in den Kopf weshalb Dominique für ihn nicht zu erreichen war. Er wartete die Antwort seiner beiden Kollegen nicht ab und stieg in seinen Wagen. Vom Parkplatz aus bog er nach links auf die Stadt-Autobahn die ihn nach Eulalia führte wo er ein Penthouse im siebten Stock eines Wohnhauses besaß. Wenn er auf seiner Terrasse saß, hatte er einen Blick über die ganze Stadt. Während er so dahinfuhr versäumte er ungewollt die Abfahrt und fuhr wie ferngesteuert Richtung Essebia. Bei Livias Bar angekommen, parkte er das Auto direkt davor und lief den kurzen Weg zwischen den Häusern zum Strand. Er konnte schon von weitem die Musik hören.

Als der DJ im Strandclub sein Mischpult zusammenpackte weil er aufgrund der nahe gelegenen Häuser nicht länger laute Musik machen durfte, legte Carlos auf Wunsch von Lucia und Javier doch noch eine Flamenco-CD in den Player. Lucia griff Livia an der Hand und zog sie zum Tanzboden. Sie kam nur widerwillig mit und zierte sich ein wenig: »Lucia, nicht. Ich kann das nicht.«

»Du kannst sehr wohl, los komm...« Lucia ließ nicht mit sich reden und zog sie weiter. Nach kurzer Zeit hatte Livia zu der Musik gefunden und stampfte und klatschte den typischen Flamenco-Rhythmus während Lucia professionell mit den Füßen stampfte. Javier und Pedro und ein paar andere Männer hielten sich im Hintergrund und klatschten ebenfalls zu den Flamenco-Klängen von der CD. Irgendwann war Livia komplett eins mit der Musik und Lucia nickte ihr aufmunternd zu. Es waren nur noch ein paar wenige Gäste und ihre Clique anwesend, die ebenso gefangen waren von den Tänzern wie die Tänzer von der Musik.

Mats blieb im Dunklen im Sand stehen und beobachtete sie Szenerie. Es gefiel ihm was er sah. Diese Leute waren unkompliziert, sie waren eine Gemeinschaft, die alle gleich entspannt waren. Ihnen waren Edelclubs und Cyberdiscos fremd. Hierher konnte jeder kommen, der zu ihnen passte. Er wusste, wenn er sich zu ihnen gesellte, war er Mats, der Mensch und nicht der Trainer, der in der Öffentlichkeit stand und in dessen Dunstkreis man sich profilieren wollte. Darum ging er auch gerne in Livias Bar frühstücken. Hier verkehrten überwiegend Touristen und die wenigsten davon kannten ihn. Und wenn doch waren sie sehr diskret und höflich, wenn sie ihn ansprachen und um ein Autogramm baten. Er gab gerne Autogramme, aber wenn er in der Stadt in seinem Auto an der Ampel anhalten musste und sogenannte Fans an die Scheiben klopften, wurde er sauer. Befremdlich dagegen fand er es, wenn er beim Einkaufen auf Fans traf die Toilettenpapierpackungen aufrissen um ihn auf dem Papier unterschreiben zu lassen.

Als er Hannah, seine Schwester, an einem Tisch sitzen sah, ging er hinüber. Verdeckt durch eine Säule sah er erst beim Näherkommen dass sie den Kopf mit seinem Jungstar Marc zusammensteckte. Der hatte seinen verletzten Fuß auf einem freien Stuhl liegen. Mats lächelte verhalten und begrüßte Hannah mit einem Kuss auf den Scheitel. Dann legte er Marc die Hand auf die Schulter: »Geht's?« fragte er Marc. Dieser grinste verwegen und sagte: »Gestern ging's noch.« Hannah schlug ihm empört auf den Arm. Mats lachte und bestellte bei Oxana, die wie aus dem Nichts aufgetaucht war, ein Bier. Während er aus der Flasche trank, beobachtete er die Gruppe auf der Tanzfläche und bemerkte die glänzenden Augen von Livia. Sie trug eng anliegende Jeansshorts, die kurz über dem Knie endeten, und dazu eine weiße Carmen-Bluse, die durch das Tanzen über die Schultern hinunter gerutscht war. Ihre Haare hatte sie zu einem hohen Dutt gesteckt, von dem vereinzelte Strähnen ihr Gesicht umrahmten. Sie war eins mit der Musik und sie tanzte als wäre sie in Flamenco-Schuhen auf die Welt gekommen, völlig synchron mit Lucia. In den Händen hatte sie Kastagnetten, die sie gekonnt klappern ließ.

Als die Musik zu Ende war, umarmte Lucia Livia und lachte: »Gib's zu, du hast heimlich geübt. Das war toll, richtig toll.« Livia schüttelte den Kopf und strahlte. Erhitzt ging sie zum Tisch der anderen und bemerkte dass Mats dazugekommen war als sie sich setzte. »Oh hallo.« begrüßte sie ihn außer Atem. Er hob sein Bier zum Gruß und wollte gerade etwas sagen als Raul und Fabio eintrafen. Sprachlos nahmen sie zur Kenntnis dass Mats bereits da war. Raul runzelte die Stirn und sagte: »Was hat dich jetzt umgestimmt? Du hast nicht den Eindruck hinterlassen, dass wir dich hier noch sehen.« Mats zuckte mit der Schulter und sagte nichts. Raul fragte Livia nach ihren Beschwerden mit dem Hals aber sie winkte ab. Es schien wieder in Ordnung zu sein. Er fragte sie, ob sie beim Spiel gewesen sei. »Ja. war ich,« antwortete sie während sie kurz zu Mats hin und gleich wieder weg sah. »Es war ein tolles Spiel. Ihr habt verdient gewonnen.« »Obwohl Jesus kein Tor geschossen hat?« Mats sah ihr belustigt in die Augen. Bevor sie antworten konnte, fragte Raul: »Du kennst Jesus Ramirez?«

»Nein, aber sie träumt jede Nacht von ihm!« Oxana war unbemerkt hinter Livia getreten und beantwortete Rauls Frage. »Oxana! Hör auf mit dem Quatsch!« Livia hatte rote Wangen bekommen und hätte ihre Freundin erwürgen können für den Blödsinn, den sie da erzählte. »Ich kenn ihn gar nicht. Ich habe mal vor Jahren ›erwähnt‹, dass ich ihn als Spieler toll finde und auch optisch ist er auch nicht ohne … Nie wieder in meinem Leben werde ich so etwas über irgendjemand sagen, wenn sie in der Nähe ist!« Anklagend zeigte sie mit dem Finger auf Oxana, die nur lachte. Mats nahm amüsiert den Faden auf: »Ich kann euch ja mal bekannt machen...« Livias Augen blitzen wie Dolche und sie sah ihn fest an: »Wenn du nicht das Risiko eingehen willst, dass ich irgendwann mal Salz in deine Churros einbacken lasse, hörst du jetzt ganz einfach damit auf!« Alle am Tisch lachten. Mats sah sie unverwandt an.

Nach und nach verließen Pedro, Javier und ihre Frauen den Beach-Club und Carlos gab die letzte Runde Getränke aus. Nachdem er die Küche samt Theke gereinigt hatte, setzte er sich zu den übrig gebliebenen Gästen. Livia fröstelte und schlang ihre Arme um ihren Körper. Jetzt Mitte September waren die Nächte am Strand doch schon kühler als im Juli und im August. Mats, der sich mit Carlos über Recht und Unrecht bei der Vergabe der Fußball-Weltmeisterschaft nach Katar unterhielt bemerkte es und legte ihr, ohne die Unterhaltung mit Carlos zu unterbrechen, seinen Pullover um die Schultern. Dankbar lächelte sie ihn an, registrierte dabei mit klopfendem Herzen, dass er den Arm auf ihrer Stuhllehne ließ. Hannah, die gerade dabei war, Marc den Stuhl unter seinem verletzten Bein hervorzuziehen da sie auch aufbrechen wollten, bemerkte es ebenfalls und zog leicht amüsiert eine Augenbraue in die Höhe. Mats stand auf, um Marc vorbeizulassen und Livia bedauerte es, dass die Verbindung zwischen ihnen unterbrochen war. Sie stand ebenfalls auf und gab Mats seinen Pullover zurück: »Ich geh auch mal langsam.«

»Dann werde ich wohl mit euch gehen müssen, sonst trinkt Carlos mich unter den Tisch.« sagte Mats lachend. Carlos vertrug eine Menge und es gab legendäre Gelage, die Mats allerdings nur vom Hörensagen kannte und es nicht drauf ankommen lassen wollte, Teil dieser Geschichten zu werden. Sie bezahlten ihre Getränke und gingen den Holzsteg über den Sand Richtung Straße. Vor ihnen humpelte Marc gestützt von Hannah. Mats musste leise lachen, weil er das Gefühl hatte, Marc stellte sich absichtlich ungeschickt an um sich von Hannah entsprechend umsorgen zu lassen. Da Hannah seine Schwester war, wusste er, dass sie das nicht allzu lange mit sich machen ließ. Sie war in dieser Hinsicht ziemlich resolut. »Worüber lachst du?« fragte Livia.

»Über die beiden. Hannah ist nicht gerade die geborene Krankenschwester und ich bin gespannt, wie lange sie das mit sich machen lässt.« Er deutete mit dem Kopf in die Richtung der beiden, die bereits die Straße erreicht hatten. »Du bist halt unromantisch.« seufzte Livia. »Wenn sich zwischen den beiden etwas anbahnt, ist das doch normal.« Mats sah sie von der Seite an und fragte: »Dann ist das normal? Dass man zum Weichei mutiert?« Sprachs und stolperte über den Rand des Stegs und lag im Sand. Er stöhnte auf und blieb liegen. »Mats?« Livia kniete neben ihm und zog an seinem Arm. Er stöhnte lediglich noch einmal und rührte sich nicht. »Mats!« Livia wurde lauter und hektischer. »Oh Gott, Mats sag doch was.« Sie strich über sein Gesicht und tastete vorsichtig den Kopf ab um irgendwo eine Beule zu fühlen. Sie hatte keine Ahnung, wie er gefallen und wo er sich wehgetan hatte. Da schlug er die Augen auf und grinste: »Es funktioniert. Unglaublich!«

»Du Schuft!« frustriert schlug sie ihm auf den Arm. »Du hättest genauso gut auf den Kopf gefallen sein können... Das nächste Mal lass ich dich liegen. Darauf kannst du Gift nehmen!« Er lachte nur, legte den Arm um sie und zog sie an sich. So liefen sie über den Strand bis zu Livias Bar. Von Hannah und Marc war nichts mehr zu sehen.

Vor dem Aufgang zu Livias Wohnung angekommen drehte sie sich zu Mats um sich zu verabschieden. »Du wohnst über der Bar? fragte er neugierig. »Yep. Es geht doch nichts über Wohnen am Arbeitsplatz.« antwortete sie ihm. Da kam er mit dem Kopf näher und stützte beide Hände recht und links von ihrer Schulter an der Hausmauer ab, so dass sie ihm nicht entwischen konnte. Bevor sie etwas sagen konnte, senkte er den Kopf und kam ihrem Gesicht sehr nahe. »Nicht!« flüsterte sie, kam ihm aber entgegen. Er schmunzelte und berührte sanft ihre Lippen. Sie reagierte prompt und öffnete sie leicht. Mats verstärkte den Druck und ließ seine Zunge in ihren Mund eindringen. Sie stöhnte leise und er umschlang ihre Hüfte mit einem Arm und drückte sie gegen sich.

Livia schlang die Arme um seinen Hals und fuhr mit den Fingern in seine Haare im Nacken. Sie fühlten sich so weich an und sie küsste ihn leidenschaftlich zurück. Mats war verwirrt. Eigentlich hatte er kurzzeitig damit gerechnet, das sie ihn wegstieß aber im Gegenteil: sie schien zu glühen und entfachte auch in ihm ein Feuer. Die Küsse wurden fordernder und brachten ihn beinahe um den Verstand. Plötzlich nahm sie den Kopf zurück, legte eine Hand auf seine Brust und flüsterte: »Bitte nicht. Wir dürfen das nicht.« Verwirrt sah er ihr in die Augen während er sie immer noch umschlungen hielt: »Warum nicht?« Livia löste ihre Hände von ihm und fuhr sich über das Gesicht, ihre Wangen brannten. »Das weißt du besser als ich. Du bist nicht frei. Du hast eine Freundin mit der du zusammenlebst.« Rüde unterbrach er sie: »Sagt wer…?« Mist, jetzt hatte sie sich reingeritten. Jetzt musste sie Farbe bekennen und ihm sagen, dass sie im Internet recherchiert hatte. »Ich hab's gelesen.« Sie verschränkte die Arme vor der Brust und versuchte sich aus seiner Umarmung zu winden. Aber er hielt sie immer noch fest an sich gepresst. »Na und. Wir könnten doch trotzdem ein bisschen Spaß haben. Oder …?« Er zog eine Augenbraue hoch und ließ sie nicht aus den Augen. Livia war noch so aufgewühlt von dem Kuss, dass sie mit den Tränen zu kämpfen hatte: »So eine bin ich nicht!« Trotzig erwiderte sie seinen Blick. Erst da ließ er sie los und seufzte frustriert: »Ok. Dann lassen wir das!« Er dreht sich um und lief zu seinem Wagen. Mit der Fernbedienung schloss er das Auto auf und öffnete die Tür. Eine Hand am Wagendach abstützend sah er zurück zu Livia und wartete einen Moment dass sie ihn zurückhielt. Doch Livia zitterte am ganzen Körper und wandte sich wortlos ab. Ohne sich umzudrehen ging sie die Treppen zu ihrer Wohnung hinauf. Ihr Herz schlug bis zum Hals.

******

Alvarez und Luis, der Außenstürmer, ließen sich erschöpft auf dem Rasen nieder. Das Abschlusstraining hatte sie völlig ausgelaugt. Gott sei Dank ließen jetzt Anfang Oktober die Temperaturen nach und es war nicht mehr so warm tagsüber. Das Training war heute mörderisch gewesen, da sie in den nächsten Wochen die schwierigsten Gegner hatten. Zum einen mussten sie zum Tabellenersten und zum anderen stand der internationale Wettbewerb an. Marc lief entlang der Seitenlinie seine Runden, er befand sich nach seiner Knöchelverletzung, die doch langwieriger geworden war, noch im Aufbautraining und sollte in den nächsten Spielen nur sporadisch eingesetzt werden um wieder Spielpraxis zu erlangen.

Mats räumte mit ein paar Spielern die Trainingsutensilien zusammen, nahm seine Papiere unter den Arm und schritt über den Platz. Als er am Mittelkreis den Blick hob und Richtung Tribüne sah traute er seinen Augen kaum. Dominique. Er hatte mit allem gerechnet, aber sie hier im Stadion zu sehen haute ihn regelrecht um. In den letzten Wochen hatten sie es nicht einmal geschafft, persönlich miteinander zu telefonieren. Immer gingen lediglich Wortnachrichten von Handy zu Handy und von Anrufbeantworter zu Anrufbeantworter. Während er auf sie zuging fühlte er sich plötzlich unwohl. Irgendwie schien sie nicht hierher zu passen in ihrem schwarzen Hosenanzug, ihren kunstvoll aufgedrehten Haaren und vor allem in ihren High-Heels. Und wie immer war sie äußerst geschäftsmäßig in ein Handygespräch verwickelt. Die Spieler, die in die Katakomben zu den Umkleidekabinen gingen, starrten sie unverhohlen an. Kein Wunder bei diesem Ausschnitt ihrer Jacke ... Als Mats sie erreichte, beendete sie das Telefonat und hielt ihm die Wange zum Kuss hin. Das verwirrte ihn aber er konnte sie nicht in den Arm nehmen, da er die Hände voll hatte. »Nicki. Was für eine Überraschung! Wenn du Bescheid gegeben hättest, hätte ich dich vom Flughaben abgeholt!«

»Kein Problem, war eine ganz spontane Geschichte.«

Täuschte er sich oder kam sie ihm nur so distanziert vor? Seine Verwirrung nahm zu. »Möchtest du was essen? Oder sollen wir nach Hause fahren und du kannst erst mal auspacken? Hast du dein Gepäck irgendwo?« Er legte seine Unterlagen auf einer Stufe der Tribüne ab und schlang die Arme um Dominique. Er küsste sie überglücklich auf den Mund und strahlte. Er hatte sie so lange nicht gesehen. Als sie den Kuss nicht richtig erwiderte nahm er irritiert den Kopf zurück. »Mats, lass uns was essen gehen und reden.« Dominique sah an ihm vorbei als sie das sagte. Mats war auf einmal kalt geworden und er nickte wortlos. »Mein Auto steht auf dem Parkdeck. Willst du hier oder im Auto warten?«

»Ich warte beim Wagen …« Ohne weitere Worte ging sie neben ihm ins Gebäude.

»Wie geht deine Produktion voran?« Mats bemühte sich um Konversation um die Spannung, die zwischen ihnen herrschte, zu überbrücken. Dominique stocherte in ihrem Salat ohne Dressing herum und seufzte: »Mats, lass es uns kurz machen: ich habe die Möglichkeit eine Produktion in Australien zu machen und ich hab zugesagt.« Als sie das sagte, faltete sie die Hände vor sich auf dem Tisch und blickte ihn das erste Mal direkt an.
»Warum …, wann …?« Mats schwirrte der Kopf, er wusste nicht, was hier los war. »Wann willst du nach Australien?«
»Übermorgen. Ich hab die Wohnung in Köln aufgelöst und mein Gepäck steht bei Ralf. Es ist eine einmalige Chance. Eine Sendung über Mode und so weiter. In Down Under, stell dir vor.« Sie griff wieder nach ihrem Besteck.
»Wer ist Ralf?« Mats wusste im Augenblick nicht mehr welcher Tag heute war. Er war wie regelrecht benommen.
»Ralf ist der Produktionsleiter, wir gehen zusammen...« Dominique sah zuerst auf ihre perfekt manikürten Fingernägel und dann auf ihr Handy, das sie neben dem Teller liegen hatte. Schließlich legte sie die Gabel endgültig weg. Auch Mats schob seinen Teller von sich und sah in die Luft. Er wusste in diesem Moment nicht was er fühlte; Wut, Trauer oder nichts. »Geht ihr zusammen oder seid ihr auch zusammen?« Er stellte die Frage mit zusammengepressten Lippen. »Geht das schon länger?

Hattest du überhaupt jemals vor nach Valencia zu kommen?« Sie konnte ihn nicht ansehen als sie antwortete: »Es ist einfach so passiert. Du weißt doch wie das ist …«

»Nein. Entschuldige! Ich weiß nicht wie das ist! Mir passiert das nicht so oft!« Wütend stieß er den Stuhl zurück.

»Mats. Es ändert nichts an der Tatsache, dass ich gehe, wenn du jetzt laut wirst.« Augenblicklich wirkte sie trotzig und hatte ihn da wo sie ihn haben wollte, er bekam Schuldgefühle, weil er so aufbrausend reagiert hatte. »Und jetzt?« fragte er.

»Jetzt nehm' ich mir ein Taxi zurück zum Flughafen. Mein Flieger geht um fünf.« Mats sah sie verwirrt an: »So einfach machst du dir das?« Kalt gab sie zurück: »So was ist nie einfach, machen wir nur kein Drama draus. Oder? Du hast mich nie gefragt ob ich mit nach Valencia kommen möchte. Du hast es einfach vorausgesetzt. Aber ich hab auch ein Leben. Ein eigenes!« Sie stand auf, nahm ihre Tasche und winkte dem Kellner, damit er ihr ein Taxi rief. Mats blieb wie betäubt sitzen.

******

Es war ein verregneter Sonntagmorgen und Livia nutzte den Tag um die Regale und Glasvitrinen in der Bar auszuwaschen. Nebenher ließ sie den Fernseher laufen und hielt sich mit den Nachrichten auf dem Laufenden. Es gab Berichte über Politik, Glamour und Sport. Sie wrang gerade einen Putzlappen aus als plötzlich Mats mit Dominique auf dem Bildschirm waren. Der Sprecher berichtete, dass die Spieler des RCD Valencia das Abschlusstraining für das bevorstehende Spiel abgeschlossen hatten und vom Trainer Mats Manning zwei Tage frei bekamen wohl auch weil die überaus bezaubernde und erfolgreiche Lebensgefährtin Dominique Bertrand aus Deutschland angereist war. Livia hatte Mats seit jenem Samstagabend, als sie sich vor ihrer Wohnung geküsst hatten, nicht mehr gesehen. Dass auch er es als falsch empfunden haben musste, bestätigte sich darin, dass er seither nicht mehr zum Frühstück gekommen war. Kein Wunder, er schien ja auch sehr beschäftigt zu sein. Sie musste sich zusammen nehmen um das starke Klopfen ihres Herzens zu ignorieren.

»Beweg dich doch mal!« Mats schrie und fuchtelte an der äußersten Grenze seiner Coaching-Zone wild mit den Armen. Entgegen seiner sonst so stoisch ruhigen Art sprang er die Linie auf und ab. Immer an der Grenze des Erlaubten. Mehrmals hob der vierte Schiedsrichter mahnend die Hand, als Mats die Linie zu überschreiten drohte. Es war aber auch wie verhext. Das wichtige Spiel gegen den überraschenden Tabellenersten Sevilla hatten sie 1:0 verloren. Lange konnten sie das 0:0 halten und bekamen in der 89. Minute durch eine Unaufmerksamkeit den Gegentreffer. Das ärgerte Mats maßlos. Wenn er früh einem Rückstand hinterhergelaufen wäre, hätte er Maßnahmen ergreifen können, aber eine Minute vor Ende der offiziellen Spielzeit war nicht mehr viel zu machen. Vor allem auch weil er spürte, dass seine Mannschaft geschockt war. Also hieß er sie, das Spiel abzuhaken und sich auf das nächste zu konzentrieren. Nach dem Spiel ist vor dem Spiel war eine alte Weisheit in der Welt des Fußballs. Und im nächsten Spiel ging es um die Gruppenphase in der Champions League gegen keinen geringeren Gegner als die überaus starke Mannschaft aus Lyon. Und auch hier stand es in der 85. Minute noch 0:0. Mats spürte, dass seine Mannschaft nervös wurde und an die letzte Minute im vergangenen Spiel dachte, sich in die eigene Hälfte zurückzog und damit Gefahr lief, den Gegner einzuladen. Ganz offensichtlich verstärkte Lyon den Druck. Einem weiten Abschlag des gegnerischen Torhüters liefen der Stürmer von Lyon und Marc Fletcher zeitgleich entgegen, ihre Körper prallten zusammen und sie gingen beide zu Boden. Der Schiedsrichter entschied auf Freistoß für Lyon in zwanzig Meter Entfernung zum Tor von Valencia. Andres, der Torhüter stellte seine Vorderleute vor sich auf und schob sie noch ein Stück nach rechts. In die Mauer der Spieler aus Valencia stellte sich ein Spieler aus Lyon, der in dem Moment hochsprang, als sein Mitspieler den Freistoß ausführte. Der Ball landete unhaltbar im Netz. Mats sprang vor Wut in die Luft und pfefferte eine Wasserflasche in den Rasen.

Wieder zurück in Valencia begann das Trainerteam um Mats mit der psychischen Aufbauarbeit. Es waren noch sechs Wochen bis zur Winterpause und sie standen nach zwölf Spieltagen auf Tabellenplatz acht. Dies war nicht das Ziel der Vereinsführung unter deren Mitgliedern es bereits zu rumoren begann. Der eine Teil des Führungsgremiums war der Meinung dass man mit dem Potential der Mannschaft ganz oben mitspielen müsse. Der andere Teil war sich durchaus der öffentlichen Meinung bewusst. Sie waren sich aber auch im Klaren darüber, dass das Team noch Zeit brauchte, sich zusammen zu finden. Es galt nur Ruhe zu bewahren. Doch die ersten Tageszeitungen besiegelten schon den Untergang der Mannschaft, sollte sie weiter unter diesem jungen Trainer arbeiten müssen. Dazu veröffentlichten sie ein Foto, dass Mats eng umschlungen mit Dominique am Rande des Spielfeldes zeigte. Der Titel unter dem Bild lautete ›Trainer Manning setzt andere Prioritäten!«

Mats spürte, dass ihm der Wind von Seiten der Presse heftiger ins Gesicht blies. Er war ja selbst nicht zufrieden mit dieser Situation. Im ständigen Austausch mit dem Sportdirektor, Franco Ramses, versuchte er Ruhe zu bewahren und sich schützend vor die Mannschaft zu stellen. Bis jetzt war die Ursache für den mittelmäßigen Tabellenplatz nach Meinung der Öffentlichkeit einzig bei ihm zu suchen. Noch war die Mannschaft außen vor. Aber Mats wusste, dass die Stimmung bald umschwenken konnte und dann einzelne Spieler ins Visier genommen wurden. Außerdem war er extrem angepisst über das Foto von ihm und Dominique auf der Titelseite der Tageszeitung. Es ging ihm in dieser Hinsicht sowie so nicht so besonders gut, aber dass seine nicht mehr bestehende Verbindung mit Dominique durch den Schmutz gezogen wurde, tat ihm besonders weh.

Immer wieder war er versucht, seine Ex anzurufen, aber letztendlich war sein Stolz größer. Bei Livia war er seither auch nicht mehr frühstücken gewesen. Zum einen hatte er nicht die Zeit dazu gehabt und zum anderen wusste er nicht, wie er ihr gegenüber treten sollte – nach jener Nacht nach der Beach-Club-Party. Obwohl er könnte sie ja darauf aufmerksam machen, dass es in den Klatschspalten sicher bald neue Berichte über seine nicht mehr so glückliche Beziehung mit Dominique geben würde. Vielleicht gab es auch schon eine Homestory über deren neues Leben ins Australien mit Ralf. Nein, er würde sie nicht drauf aufmerksam machen. Diese Blöße wollte er sich nicht auch noch geben.

Frühstücken konnte er genauso auch in der Nähe seiner Wohnung. Da gab es ein kleines Bistro mit einer süßen, komplett tätowierten, Kellnerin aus Tokio, die immer alles stehen und liegen ließ, wenn er die Bar betrat. Ihre Churros reichten zwar bei weitem nicht an die von Livia aber man konnte nicht alles haben. Und er hatte den Eindruck, dass die Kleine einem näheren Kennenlernen nicht abgeneigt wäre. Und wenn es soweit käme, würde er es ganz unkompliziert angehen, nur für unverbindlichen Sex und ohne Versprechungen. Zu einer festen Beziehung war er im Moment nicht bereit.

******

Livia hatte schon längere Zeit keine Gäste mehr vom RCD Valencia gehabt. Um so mehr blickte sie erstaunt zur Tür als Alvarez und Raul eintraten. Die beiden winkten ihr zu und setzten sich. Livia räumte noch einen Tisch ab und nahm dann die Bestellung der beiden auf. Sie wollte die zwei nicht auf die sportliche Misere ansprechen und servierte ihnen freundlich ihr Frühstück und kümmerte sich weiter um die anderen Gäste. Sie war lediglich verwundert, dass sie an einem Montagmorgen frei hatten beziehungsweise nicht beim Training waren.

Während sie die Bestellungen an andere Tische brachte, nahm sie Wortfetzen der Unterhaltung der beiden auf » … so geht es nicht weiter …« – » … muss mal einer mit ihm sprechen ...« Als sie Kaffee und Frühstück an den Tisch brachte verstummten beide. Aber sie sprachen sofort angeregt weiter als Livia sich entfernte. » … er kann das nicht an der Mannschaft auslassen.« – » Nein. Keinesfalls, die Lage ist prekär genug!« Ohne sich anmerken zu lassen, dass sie der Unterhaltung zuhören würde bediente sie neue Gäste. Ausgerechnet heute war die Bar ziemlich voll und die Geräuschkulisse entsprechend hoch. »Ich kenn ihn schon so lange, so ist er unter normalen Umständen nicht …« versuchte Alvarez gerade von besagter unbekannter Person zu erklären. Raul zuckte nur mit den Schultern. Zu gerne hätte Livia gewusst von wem sie sprachen, obwohl sie so eine Ahnung hatte, dass sie über Mats redeten. Sie hatte bereits in der Zeitung gelesen, dass sein Trainerstuhl aufgrund der ausbleibenden Erfolge erheblich wackelte und er sich demzufolge in der Öffentlichkeit ziemlich dünnhäutig präsentierte. Es war auch zu lesen gewesen, dass er die Mannschaft zuweilen recht hart anfasste und Straftrainings anordnete. Livia konnte sich vage vorstellen, dass Alvarez und Raul sich über Mats unterhielten, sicher war sie sich aber nicht. Und sie steckten plötzlich die Köpfe enger zusammen, so als hätten sie bemerkt, dass Livia ihrem Gespräch folgte.

******

Livia spürte, dass die Badesaison zu Ende ging. Es kamen immer weniger Gäste und der Altersdurchschnitt stieg auch an. Meistens waren ihre Besucher jetzt ältere Touristen aus Holland, England und Deutschland, die entweder zum Frühstück oder zum Mittagessen kamen aber selten war die Bar richtig voll. Livia konnte sich bis Anfang Dezember noch mit einigen Catering-Aufträgen über Wasser halten aber dann begann ihre finanzielle Durststrecke bis zum Februar. Erst dann kamen wieder die ersten Gäste zum Wandern und Radfahren oder zu kulturellen Wochenend-Trips. Lula riet ihr wie in den vergangenen Jahren auch dieses Jahr wieder die Bar und ihre Wohnung dicht zu machen und zu ihrer Familie nach Hause zu fliegen. Sie bräuchte dann keine Miete zu bezahlen. Aber Livia hatte es wie in den vergangenen Jahren nicht fertig gebracht, ihr zu sagen, dass ihre Familie darauf keinen Wert legte. Nie hatte sich jemand bei ihr gemeldet und sie im Gegenzug auch nicht. Nur würde Lula das nicht verstehen. Ihr war Familie heilig und es lag ihr wie ein Stein im Magen dass Xabi bisher keine Frau fürs Leben gefunden hatte. Immer wieder versuchte sie ihn darauf anzusprechen, jedoch ohne Erfolg. Manchmal beschlich sie das Gefühl, dass mit ihrem Sohn etwas nicht stimmte. Mit Livia allerdings auch nicht. Darum hatte sie im Hinterkopf ob man die beiden vielleicht nicht zusammenbringen müsste …

******

Livia hatte am Samstag das große Catering im Hause von Kelly und Alvarez, die ihre jüngste Tochter taufen ließen. Da das Wochenende spielfrei war, weil die Nationalmannschaft ihre Qualifikationsspiele hatte, legte Alvarez die Feierlichkeiten auf diesen Termin.

Livia lieh sich den Transporter von Xabi um ihre Platten und Warmhaltebehälter in das Haus der Castros zu transportieren und begann mit ihren Vorbereitungen als die Familie und ihre Gäste noch in der Kirche waren. Sie hatte zusammen mit Lula und Ana soweit alles vorbereitet, so dass sie das Buffet allein aufstellen konnte und arbeitete ruhig und organisiert. Nachdem alle Warmhalteplatten funktionierten, deckte sie die Tafel mit weißen Tischdecken und Tellern und Besteck aus ihrem eigenen Bestand. Sie dekorierte die Tischmitte mit Pinienzapfen, roten Beeren und goldenen Schleifen. Während sie auf das Eintreffen der Gäste wartete polierte sie die Gläser noch einmal.

Als sich die Tür öffnete, hielt sie für die Gäste Sekt mit und ohne Orangensaft oder kleine Biergläser als Aperitif bereit. Livia betrieb mit Leib und Seele Catering und obwohl sie alleine arbeitete behielt sie den Überblick und sah sofort, wenn irgendwo ein Glas leer wurde und jemand nichts zu trinken hatte. Aber erst als sie durch die Menge ging, erblickte sie Mats Manning. Er stand seitlich zu ihr und hatte ein kleines Bier in der Hand. Ihr Herz begann ein wenig schneller zu schlagen aber professionell wie sie war, setzte sie ein Lächeln auf, grüßte ihn kurz und ging weiter.

Alvarez begrüßte offiziell die Gäste, hielt eine kleine Rede und alle stießen zusammen auf die Taufe seiner Tochter an. Auf ein Nicken von Livia erklärte er das Buffet für eröffnet. Es gab Rinderfilet, Lammbraten und speziell Hühnchen für die kleinen Gäste; sämtliches Gemüse, Reis und Nudeln. Einer Eingebung zufolge hatte sie nach deutscher Hausmannskost kleine Semmel- und Kartoffelknödel gemacht, die vor allem bei den Kindern riesigen Anklang fanden. Ständig stand eines vor den Platten und wollte nur Knödel mit Soße. Livia musste lächeln, sie war als Kind nicht anders: entweder Pommes mit Ketchup oder Knödel mit Soße.

Während alle beim Essen saßen, prüfte sie mit einem Blick über den Tisch, ob jeder etwas zu trinken hatten und blieb dabei bei Mats hängen, der sich gerade mit Rauls Ehefrau unterhielt, die neben ihm saß. Dass es Rauls Frau Teresa war wusste Livia von Kelly, weil sie sie ihr vorgestellt hatte. Auf der anderen Seite von Mats saß Alvarez' Bruder. Wo war Mats' Freundin Dominique?

Während sie darüber grübelte und ihn dabei direkt ansah bemerkte sie seinen Blick auf sie gerichtet. Sofort wandte sie sich wieder ab und überprüfte die Platten am Buffet.

Mats beobachtete Livia. Er hatte nicht gewusst, dass sie auch Catering betrieb und war überrascht, sie hier zusehen. Er hatte in den vergangenen Wochen nicht mehr an sie gedacht, zum einen weil die Arbeit mit der Mannschaft ihn stark in Anspruch nahm, zum anderen weil er seit einiger Zeit eine Affäre mit der asiatischen Kellnerin hatte, die ganz seinen Vorstellungen entsprach. Er hatte Mellie von vorne herein klargemacht, dass keine Gefühle und kein Frühstück danach im Spiel waren und sie hatte es zu seiner Erleichterung so angenommen. Sie kam immer Donnerstag nachts nach ihrer Arbeit und sie war eine kleine Teufelin im Bett. Er fühlte sich mit diesem Arrangement in jeder Hinsicht befriedigt. Sie konnte sich aber bestimmt auch nicht beklagen. Und wenn er morgens aufwachte, war sie verschwunden. So wie besprochen … Alvarez hatte sie einmal früh morgens aus der Wohnung kommen sehen, als er sich mit Mats zu einem Frühstück um über die Situation in der Mannschaft zu sprechen verabredet hatte. Mats erklärte ihm, dass Dominique noch in Australien zu arbeiten hätte und er sich das Testosteron ja auch nicht »rausschwitzen« könne. Alvarez schüttelte nur den Kopf und sagte: »Mit dir stimmt doch zur Zeit was nicht. Solche Launen kenn ich von dir nicht …«

Livia stand in einem kurzen schwarzen Rock hinter ihrem Buffet. Sie hatte ihre Haare zu einem Knoten zusammengebunden und trug eine weite weiße Bluse mit einem Rüschenkragen im Piratenstil und einem sehenswerten Ausschnitt. Und sie hatte was zu bieten. Um den Look abzurunden zierten ihre Ohren große silberne Kreolen. Ihre Beine steckten in schwarzen Reiterstiefeln dazu trug sie schwarze, gemusterte Strümpfe. Sie hatte ihren ganz eigenen Stil und Mats gefiel das. Immer wieder musste er zu ihr hinsehen. Komisch, normalerweise fand er nur High-Heels an Frauen scharf aber diese Stiefel machten ihn tierisch an.

Livia bemerkte, dass die Gesellschaft gesättigt war da niemand mehr etwas zum Essen vom Buffet holte und begann abzuräumen. Den freigewordenen Tisch dekorierte sie nochmals neu mit den Pinienzapfen und Schleifen, ließ aber die Beeren weg, damit die Kinder nicht ran kamen. Denn nun kam das Highlight eines jeden Buffets, das Dessert. Und Ana hatte sich wahrlich übertroffen mit ihrer Mandeltorte – nach spanischer Art gefüllt mit einer Creme Catalana – und das ganze in der Form eines aufgeschlagenen Taufbuches. Nicht nur dass sie die Torte mit Namen und Datum in goldenen Buchstaben verziert hatte, nein sie hatte selbst die Seiten mit goldenen Marzipanfäden dargestellt. Livia und Lula hatten zusätzlich noch verschiedene Desserts wie weiße und dunkle Mousse au Chocolate, Rote Grütze mit Vanillesauce, Tirami Su und Fruchtsalat in kleinen Gläschen zubereitet. Nachdem sie die einzelnen Gläser zu einer Pyramide aufgebaut hatte, gab sie den Blick auf das Dessertbuffet frei. Ein Raunen ging durch die Gästeschar und alle klatschten begeistert, nicht zuletzt am lautesten die Kinder. Livia betrachtete stolz ihr Werk und begann die Torte anzuschneiden, nachdem sie nahezu von jedem ausgiebig fotografiert wurde. Kelly ging ihr nun zur Hand indem sie die Kaffeemaschine in der Küche betätigte während Livia Tortenstücke ausgab und darauf achtete dass die Kinder nicht mit sämtlichen Dessertgläsern auf einmal verschwanden.

Nachdem alle wieder saßen und der Herr des Hauses dazu überging, seine Hausbar zu öffnen und Cognac auszuschenken, löste sich die Tischordnung auf, weil die Kinder zum Spielen ins Kinderzimmer gingen. Alvarez bat nun auch Livia, sich mit an den Tisch zu setzen und schob ihr einen Stuhl zurück. Sie bedankte sich und setzte sich nachdem sie sich auch einen Kaffee genommen hatte. Ein wenig erschöpft aber zufrieden nahm sie ein wenig verlegen die Komplimente für das gelungene Buffet entgegen, als plötzlich der Stuhl neben ihr zurückgezogen wurde und sich Mats setzte. Sofort nahm sie den Geruch seines After Shaves wahr. »Lange nicht gesehen,« wandte er sich ihr zu. »Dito,« gab sie knapp zurück. Dann entschloss sie sich aber höflich zu bleiben: »Aber ich habe schon mitgekriegt, dass du einigen Stress hast.« Er lachte trocken auf: »Nur ein wenig. Aber ich wusste gar nicht, dass du auch Catering machst? Ist dir das nicht zu viel neben dem Lokal?«

»Nein,« antwortete sie, »ich mach das nur in der Nachsaison, wenn die Gäste weniger werden. Und meistens auch nur am Wochenende. Also falls du mich für deine Hochzeit buchen solltest: nur im Dezember oder Januar!.« Mats lachte: »Ich werde es mir merken. Ich muss es dann mit der Braut regeln.« Livia lachte ebenfalls fühlte aber einen Stich als er so ungezwungen über die ›Braut‹ sprach, die nicht einmal anwesend war. Sie biss sich allerdings auf die Zunge, um ihn nicht danach zu fragen. Mit einem »ich muss dann mal wieder,..« nahm sie ihre Kaffeetasse und stand auf. Sie begann, das Buffet zusammen zu räumen und bewahrte die Reste in den mitgebrachten Behältern für Kelly auf.

Mats fühlte sich etwas träge nach dem vielen Essen, dem leckeren Kuchen und den anderen Desserts sowie einem kleinen Cognac zum Abschluss und es wäre für ihn eigentlich an der Zeit langsam zu gehen. Familientreffen mit Kindern waren nicht sein Ding und er fühlte sich anfangs etwas unwohl unter den ganzen Pärchen aber irgendwie zog ihn auch nichts nach Hause. Er beobachtete Livia wie sie hin und her lief um die Platten und Teller abzuräumen. Kelly und ihre Freundin halfen ihr dabei. Dann verschwanden die drei in der Küche und er konnte sie sich unterhalten und lachen hören. Zu gerne hätte er gewusst, über was sie sich unterhielten als Kelly im Türrahmen auftauchte und sagte: »Dann fahr doch die Sachen nach Hause und komm wieder her. Wir trinken noch ein Glas zum Ausklang.« Mats entnahm diesen Worten dass sie zu Livia sprach und versuchte angestrengt mitzubekommen, was sie antwortete. Er konnte nichts hören aber sie schien zu verneinen, weil Kelly den Kopf schüttelte und sagte: »Jetzt sei kein Spielverderber. Komm doch mal raus aus deiner Küche und feier‹ noch ein bisschen mit uns. Ich fahr mit dir mit nach Hause und nehme dich wieder mit hierher. Du kannst dann mit dem Taxi heimfahren. Ist doch nicht weit.« Er konnte immer noch nicht hören was Livia antwortete darum schlenderte er wie zufällig mit seinem Cognac-Schwenker in Richtung Küche um ihn auf der Spüle abzustellen. »Na, die Damen. Kocht ihr hier euer eigenes Süppchen?« Er spielte die Ahnungslosigkeit in Person und sie nahmen es ihm ab. »Wir versuchen gerade, Livia dazu zu bewegen, den Abend mit uns ausklingen zu lassen. Aber wir haben nicht wirklich Erfolg. Vielleicht willst du mal …?« Kelly zuckte mit den Achseln. In ihre Richtung blickend wandte sich Mats an Livia »Was hält dich ab?« Livia seufzte und sagte: »Wisst ihr wann ich aufgestanden bin, wie lange ich in der Küche gestanden bin und wer das hier noch alles spülen und aufräumen muss?« Er sah sie mit durchdringendem Blick an und fragte: »Wie alt bis du nochmal? Musst du um zehn im Bett liegen? Und kannst du das nicht morgen auch noch spülen und aufräumen?«

»Schon, aber ich muss alles reintragen, denn das Auto gehört mir nicht und ich muss es heute noch zurückgeben. Dann wieder hierher fahren und später wieder nach Hause. Das ist alles so umständlich.«

»Ich kann mit dir raus fahren und dich wieder mit zurück nehmen, ist kein Problem«, Mats zuckte mit den Schultern. Kelly klopfte ihm auf die Schulter und als sie sagte: »Gut gemacht! So machen wir das!« wusste Livia, dass jede Widerrede zwecklos war. Ergeben seufzte sie und murmelte ein »Na gut. Aber ich fahr selbst und komm mit dem Taxi wieder her.« Erstaunt sah Mats sie an und fragte: »Warum? Hast du Angst, dass ich über dich herfalle?« Das klang so als wäre es das letzte was er sich vorstellen konnte, selbst wenn sie die letzte Frau auf diesem Planeten wäre. Die Abwegigkeit, die aus seiner Frage herauszuhören war, verletzte sie zutiefst. Verärgert antwortete sie: »Nein, das war das letzte, was mir in den Sinn gekommen wäre. Aber ich bin gern unabhängig!«

»Schluss jetzt!« beendete Kelly die Unterhaltung indem sie Mats am Arm packte: »Du fährst hinter Livia her und nimmst sie wieder mit zurück. Am Ende überlegt sie es sich noch anders ... .« Und zu Livia gewandt sagte sie: »Das Taxi für die Heimfahrt setzt du uns auf die Rechnung. Basta!« Livia wusste, wann es keinen Sinn mehr machte zu widersprechen und murmelte lediglich ein »Ok« in Kellys Richtung. Dann nahm sie ihre Jacke und ihre Tasche und wandte sie an Mats: »Gib mir einen Vorsprung, ich muss das Auto erst ausladen.«

Im Auto überlegte Livia kurz wie sie sich doch noch aus der Affäre ziehen konnte, verwarf den Gedanken aber, als sie Mats' Porsche im Rückspiegel sah. Vor ihrer Bar angekommen stieg sie aus dem Wagen, warf wütend die Autotür zu und schnauzte Mats an, der hinter ihr parkte und bereits ausgestiegen war: »Was an dem Wort Vorsprung hast du jetzt nicht verstanden?« Er lachte und fragte seinerseits: »Was bist du denn so kratzbürstig?

Ich dachte, ich helf' dir ein wenig.« Sie spürte, dass sie rote Wangen bekam und öffnete die hinteren Türen des Transporters auf nachdem sie die Türe zur Bar aufgeschlossen hatte. Mats trug bereits die ersten Behälter in der Hand und wollte wissen: »Wo kommen die hin?« »Stell sie in der Küche links auf das Sideboard.« So liefen sie hin und her und hatte in null Komma nichts das Auto ausgeladen. Als Livia die letzten Platten in der Hand hatte, nahm Mats sie ihr ab und berührte dabei ihre Finger. Es durchfuhr sie wie der Blitz und sie sah erschrocken zu ihm auf aber er schien nichts bemerkt zu haben und lief ins Haus. Sie schloss das Auto ab und folgte ihm. Da er aber bereits wieder aus der Küche kam, prallten sie zusammen und reflexartig hielt er sie an den Armen fest. Und das war gut so, denn augenblicklich gaben ihre Knie nach. »Hoppla,« sagte er lediglich und ließ sie wieder los. »War's das?« Livia hatte sich sofort wieder unter Kontrolle und antwortete: »Ja. Ich würde mich nur gerne frischmachen. Wartest du kurz im Auto?« Er nickte, sah ihr zu wie sie die Treppe zu ihrer Wohnung hochlief nachdem sie die Bar abgeschlossen hatte und ging nachdenklich zu seinem Wagen.

Mats lehnte an seinem Porsche als sie zurückkam. Sie hatte die Haare wieder in Ordnung gebracht und etwas Rouge aufgelegt. Ansonsten war sie kaum geschminkt, hatte lediglich noch etwas Farbe auf die Lippen aufgetragen. Er hielt ihr die Wagentüre auf und nahm ihren zarten Duft nach einem dezenten Parfüm und Frau wahr. Er hatte den Geruch noch in der Nase nachdem er die

Türe geschlossen hatte und auf der Fahrerseite einstieg. Schweigend fuhr er los.

Abgesehen davon, dass Livia sowieso keine Lust mehr hatte, jetzt wieder in die Stadt zurück zu fahren und sich lieber in einer Badewanne mit ganz viel Schaum und Kerzenlicht sah, lullte sie das sanfte Röhren des Porsches und die leise Musik aus dem Radio so ein, dass sie es gar nicht gleich bemerkte, als Mats das Auto bereits wieder einparkte und zu ihr herüber sah: »Vielen Dank für die angeregte Unterhaltung.« Livia war sich nicht sicher, ob er das ironisch oder ernst gemeint hatte und sah ihn verwirrt an. Als er lächelte, atmete sie tief durch: »Ich hab von Anfang an gesagt, ich hätte den Abend lieber zu Hause beendet, es war einfach ein langer Tag.«

»Na komm, jetzt trink noch ein Glas Wein, Kelly zuliebe, und dann fahr ich dich nach Hause.« Mats versuchte sie zu motivieren war aber nicht wirklich erfolgreich. Livia war einfach nur müde.

»Da seid ihr ja wieder,« begrüßte sie Kelly als sie die Türe öffnete, »wir sind in den Wintergarten umgezogen, da kriegen es die Kinder nicht so mit, wenn es ein wenig lauter wird.« Livia und Mats folgten ihr durch den Wohnraum in den Wintergarten, wo sie tatsächlich weiter weg waren von den Kinderzimmern, wo die Kinder mittlerweile zu Bett gebracht waren. Bestimmt würden sie sowieso nicht so schnell aufwachen, weil sie vor Erschöpfung sofort eingeschlafen waren.

Im Wintergarten saßen noch Raul mit seiner Frau, Kellys Bruder und dessen Freundin Mirella, die gleichzeitig Kellys beste Freundin war und Alvarez. Livia sah, dass Kellys Platz neben ihrem Mann war und für sie und Mats nur die Hollywood-Schaukel am Kopfende des Tisches frei war. Eigentlich wollte sie nicht schon wieder so nahe neben dem Cheftrainer sitzen aber sie hatte keinen Ahnung wie sie das vor den anderen artikulieren sollte. Leise seufzend ließ sie sich also in die Polster fallen und versuchte zu ignorieren, dass Mats sich seitlich gedreht neben ihr niederließ, ein Bein anwinkelte und den Arm lang gestreckt hinter sie auf die Rückenlehne legte. Er schien ganz entspannt. Livia fühlte sich schon wieder extrem unwohl und saß beinahe aufrecht und stocksteif auf der gemütlichen Schaukel. Mats nahm ein Bier und Livia auf Nachfrage einen Rotwein.

Die Männer am Tisch unterhielten sich lautstark über lustige und dubiose Geschichten aus der Kabine. Mirella, Kelly und Livia hörten amüsiert zu. Mats zum Beispiel erzählte vom einer Mannschaft, die er zu seiner Zeit in Deutschland trainiert hatte. Ein Spieler kam vom afrikanischen Kontinent und Mats war davon ausgegangen, der junge Mann spreche Englisch. Und egal was man ihm auf Englisch gesagt hatte, er nickte immer als Zeichen seines Verständnis und unterstrich dies mit zwei erhobenen Daumen. Nur hatte er auf dem Platz nie umgesetzt, was man ihm aufgetragen hatte. Wenn er dann in der Halbzeit auf seine Fehler aufmerksam gemacht wurde, nickte er wieder. Es war lange Zeit niemand aufgefallen, dass er nie etwas sprach. Irgendwann hatte ein Mitspieler einmal ein Interview mit dem Spieler im Fernsehen gesehen und festgestellt, dass der Reporter sich mit ihm auf Französisch unterhalten hatte und auch Antworten bekam. Mats hielt sich eine Hand vor das Gesicht während die anderen sich bogen vor Lachen und er erklärte, dass er in den Erdboden versinken wollte, als er nach diesem Erlebnis das nächste Mal dem Spieler gegenüber trat. Die andere Hand nahm er nicht von der Rückenlehne. Livia entspannte sich langsam und lehnte sich dann doch zurück. Plötzlich spürte sie, wie er mit einer ihrer Haarsträhnen spielte indem er sie sich um seinen Finger wickelte. Verstohlen sah sie sich um ob die anderes es bemerkten. Es hatte aber nicht den Anschein, Und auf einmal spürte sie wieder dieses Kribbeln in ihrem Bauch.

»Lasst uns doch nach Weihnachten ein paar Tage zusammen verbringen. Nur wir acht. Irgendwo in der Sonne ...«, warf Kelly plötzlich in die Runde worauf Mirella sofort begeistert reagierte: »Au ja, gute Idee! Dubai vielleicht?« Alvarez erhob eine Hand und warf entsetzt ein: »Schatz, bist du verrückt? Ich geh nicht mit dem Trainer in Urlaub! Der schaut mir dauernd aufs Essen und ob ich mich auch genug bewege. Das ist keine Erholung!«

»Glaubst du, dass ich dir zu Hause nicht auch aufs Essen schaue?« gab Kelly zurück. »Richtig so, Kelly. Gerade an Weihnachten ist es besonders wichtig, auf die Ernährung zu achten,« lobte Mats Kelly »ich hab schon so oft träge Profis aus dem Urlaub zurückkommen sehen, die Wochen brauchten, bis sie den Winterspeck wieder abtrainiert hatten.«

»Ja, aber was haltet ihr davon?« ließ Kelly nicht locker. »Also, ich könnte es mir schon vorstellen, oder Gaetano?« Mirella war schon Feuer und Flamme und sah ihren Mann fragend an. Der nickte und sagte: »Von mir aus. Warum nicht?« Kelly wandte sich an Livia und sah sie fragend an: »Was ist mir dir?«

»Was soll mit mir sein?« Livia sah Kelly verwirrt an, sie war der Unterhaltung nicht mehr gefolgt, nachdem Mats angefangen hatte, die Hollywoodschaukel sanft zum Schaukeln zu bringen. Der Wein hatte sein übriges dazu getan, dass Livia sich ganz dem Gefühl der totalen Entspannung hingab. »Von was hast du denn geträumt, bist du noch bei uns?« Kelly lachte als sie Livias verwirrten Gesichtsausdruck sah und erklärte ihr nochmals ihr Vorhaben. Livia erschrak regelrecht bei dem Gedanken, was so eine Reise kosten sollte. Bedauernd erklärte sie dann aber: »Oh, tut mir leid. Weihnachten fahre ich nach Hause zu meiner Familie. Die wären sonst sehr enttäuscht.« Der Blitz sollte sie treffen für diese Lüge, dachte sie. Wie konnte sie nur diese Menschen, die ihr so wichtig waren, so anlügen. Aber viel mehr schämte sie sich zu sagen, dass sie sich so eine Reise nie im Leben leisten konnte, In diesem Moment hörten sie das Weinen des Babys aus dem Babyphone und Kelly verließ den Wintergarten. Livia atmete erleichtert auf. Sie beschloss nun auch aufzubrechen und sich nicht mehr dahingehend überreden zu lassen, noch länger zu bleiben. Wenn das Schaukeln noch eine Weile so weiterginge, würden ihr über kurz oder lang die Augen zufallen. Sie erhob sich und bat Alvarez, sich ein Taxi rufen zu dürfen. Als sie sich erhob, kam sie ins Schwanken und fragte sich überrascht wie viel Wein sie denn getrunken hatte. Dadurch dass ihr Glas immer wieder nachgeschenkt wurde ohne dass es jemals leer war, hatte sie den Überblick verloren. Mats erklärte sich eilig, sie zu fahren. »Nein, danke. Das musst du nicht. Du hast doch auch was getrunken.« Livia wehrte sein Angebot dankend aber bestimmt ab und wollte los laufen. Zumindest versuchte sie es, aber nachdem Mats immer noch sanft schaukelte bekam sie die Polster in die Kniekehle und knickte ein. Dabei fiel sie seitlich auf Mats und direkt in seine Arme. Der fing sie auf und grinste: »Hoppla! … Setz dich doch.« Livia kicherte und versuchte sich aufzurichten, was sich ein wenig schwierig gestaltete, da er sie nicht gleich freigab. Sie presste die Hände auf seine Brust und versuchte sich von ihm abzustossen, was nach wie vor ein unmögliches Unterfangen war, da die Schaukel jetzt heftig hin und her schwang. Alvarez stand auf und kam ihr zu Hilfe, musste sich das Lachen aber krampfhaft verkneifen. »Wie sieht's aus, Liv, kannst du dich losreißen? Dann würd ich dir aufhelfen.« Als er aber Kelly hinter sich laut kichern hörte, war es auch mit seiner Beherrschung vorbei und er prustete los. Vor allem als er Livia unter den Armen packen wollte um sie hochzuheben und feststellen musste, dass Mats sich regelrecht an sie klammerte. »Mats, was gibt das? Du musst dich nicht festhalten, Du sitzt unten!« Damit gab er den anderen neuen Stoff loszugackern und auch Livia hatte keine Kraft mehr sich von

Mats zu lösen. Sie kicherte an seiner Brust und nahm verschwommen zur Kenntnis dass er sein Gesicht an ihren Hals gepresst hatte. Wahrscheinlich gezwungener Maßen, denn er war der einzige der nicht lachte, darum wurde es ihr langsam unangenehm und sie richtete sich mühsam und mit Hilfe von Alvarez auf. »Wenn sich jetzt alle wieder beruhigt haben, könnte ich dann bitte ein Taxi kriegen?« Sie sprach betont langsam um klar deutlich zu klingen und um nicht bei den anderen neue Lachsalven auszulösen. Außerdem versuchte sie krampfhaft, sich gerade zu halten und vor allem – nicht selbst wieder loszukichern.

Mats stand mittlerweile hinter ihr und sagte bestimmt: »Ich fahr dich jetzt, du kannst ja dem Taxifahrer nicht mal deutlich machen, wohin er fahren soll!«

»Doch. Kann ich. Immer dem Kreis nach,« antwortete Livia prompt und malte mit dem Finger Ringe in der Luft. Darauf brach erneut großes Gelächter aus. Mats schob Livia mit der Hand im Rücken sanft vor sich her zur Haustüre und sagte: »Genau! Und wir zwei fahren jetzt Kreisverkehr. Tschüss, Leute. Vielen Dank, es war ein toller Tag. Aber man soll gehen, wenn's am schönsten ist.« Livia stand an der geöffneten Haustüre, hielt sich am Rahmen fest und streckte die Hand nach Alvarez aus: »Kannst du nicht mitkommen, in diesem Auto sitzt man so tief, da komm ich allein nicht wieder hoch?«

»Doch,« sagte Mats, »kommst du. Hast du nicht gesehen? In der Mittelkonsole: der rote Knopf? Das ist der Schleudersitz. Der kommt genau vor deiner Treppe zum

Einsatz. Und schwupps …« Er deutete mit der Hand eine Flugkurve an.

»Okay,« willigte Livia seufzend ein und ließ sich von ihm zum Auto bugsieren. Die anderen standen an der Türe und sahen ihnen nach. »Schnapp ihn dir!« rief Kelly Livia hinterher, war sich aber nicht sicher, ob die Botschaft angekommen war.

Mats öffnete die Beifahrertür und wartete bis Livia sich angeschnallt hatte um dann auf der Fahrerseite einzusteigen. Als er den Wagen startete, lehnte sie sich in das weiche Lederpolster und genoss das sanfte Vibrieren des Motors. Im Radio sang Celine Dion »My heart will go on.« Sicher lenkte Mats den Porsche aus der Stadt und parkte kurze Zeit später vor Livias Bar. Der Vollmond hing tief über der Stadt und ließ die sternenklare Nacht heller scheinen als zu dieser Uhrzeit üblich. Als er den Motor ausmachte, wandte sich Livia, die auf der ganzen Fahrt kein Wort von sich gegeben hatte, ihm zu: »Kommt jetzt die Nummer mit dem Kaffee?« Mats lachte leise und antwortete: »Nein! Wo denkst du hin? Aber wie wäre es mit deiner Briefmarkensammlung?« Livia fasste sich an den Kopf und tat entsetzt: »Herrje. Auf so was fällt doch heute keiner mehr rein!« Da beugte sich Mats leise lachend zu ihr und flüsterte: »Ja, was machen wir denn da?« Und bevor sie zu einer Antwort ansetzen konnte, küsste er sie sanft auf den Mund. Es war mehr ein Hauch auf ihren Lippen. Aber als sie den Kopf nicht zurückzog, verstärkte er den Druck. Sie seufzte und küsste ihn zurück worauf er den Mund öffnete und ihre Zunge einließ. Sie fuhr mit der Hand in seine Haare und verstärkte die Intensität des Kusses. Er war ein unglaublich guter Küsser. Immer schneller ließen sie ihre Zungen umeinander kreisen und immer stärker wurde der Druck auf seine Lippen. Sie nahm ihre Hand aus seinen Haaren und fuhr an seinem Hals entlang zu seiner Brust. Dort hielt sie inne, löste sich von ihm und flüsterte: »Der Porsche ist wirklich toll aber sehr unromantisch.« Er lächelte, zog den Schlüssel ab und öffnete die Türe. Sie wartete bis er um das Auto herumkam und ihre Türe ebenfalls aufmachte. Mats nahm ihre Hand und half ihr aus dem tiefergelegten Wagen. Als sie ihm gegenüberstand, nahm er ihr Gesicht in beide Hände und küsste sie sanft. Widerwillig löste sie sich von ihm indem sie sich zurücklehnte, nahm ihn bei der Hand und zog in die Treppen zu ihrer Wohnung hinauf.

Oben angekommen schloss sie mit zitternden Händen die Türe auf. Einen kurzen Augenblick schwankte sie, als sie sich der Tragweite dieser Situation bewusst wurde. Sie war im Begriff mit dem Cheftrainer des RCD Valencia ins Bett zu gehen. Das konnte sie nicht tun! Er hatte doch eine Freundin, eine Frau, der sie nicht einmal annähernd das Wasser reichen konnte. Dann aber nahm er sie in die Arme und küsste sie auf die Stirn, auf die Augen, auf die Nase und wieder auf den Mund. Der Alkohol und das momentane Glücksgefühl taten ihr übriges und Livia gab sich diesen Gefühlen hin. Sie legte die Arme um seinen Hals und erwiderte seine Küsse. Er schlang seine Arme fester um sie und zog sie an sich.

Die Küsse wurden heftiger und das Spiel ihrer Zungen schürte das Feuer. Er umfasste ihre Brüste und rieb die Spitzen durch den Stoff der Bluse. Livia schob ihm das Jackett von den Schultern und suchte den Weg unter sein Hemd um ihn zu spüren. Als er ihre Bluse aus dem Rock zog und sanft die Körbchen ihres BHs beiseite schob um ebenfalls ihre nackte Haut zu streicheln und ihre Brustwarzen zu liebkosen, gaben ihre Knie nach. Er lächelte an ihrem Mund und hielt sie mit einem Arm fest. Sie gab seinen Mund frei und nahm ihn an der Hand um ihn ins Schlafzimmer zu führen. Als sie das Licht anknipste, dimmte sie die Beleuchtung auf das minimalste herunter und zog ihn zum Bett. Dort setzte er sich nieder und nahm sie zwischen seine Beine. Er vergrub den Kopf an ihrem Bauchnabel und umfasste ihre Taille mit den Händen. Sie küsste seinen Scheitel und stöhnte auf als er wieder eine Hand unter ihre Bluse schob und ihre rechte Brustwarze in den Mund nahm. Sie warf den Kopf nach hinten und vergrub ihre Hände tiefer in seinen Haaren. Mats wechselte zur linken Brustwarze und zirbelte die andere mit den Fingern. Ihre Füße schienen sie nicht mehr tragen zu wollen und sie sank auf die Knie. Da nahm er wieder ihr Gesicht in die Hände und küsste sie tief und intensiv. Er spürte ihre Erregung und hatte auch sich selbst kaum mehr unter Kontrolle. Er zog ihr die Bluse über den Kopf und öffnete den Büstenhalter während sie sein Hemd öffnete und über seine durchtrainierte Brust strich. Sie war glatt rasiert und muskulös. Langsam fuhr sie mit dem Finger über die Mitte zu seinem Bauchnabel und dem Bund seiner Hose. Dann legte sie die ganze Hand auf seine beeindruckende Erektion und drückte sanft zu. Jetzt warf Mats den Kopf nach hinten und stöhnte auf. Er umschlang ihre Taille und legte sie aufs Bett. Dabei streifte er ihr die Stiefel ab, legte sich neben sie und nahm sie in die Arme.

»Ich bin nicht so gut in so was ...«, flüsterte sie an seine Armbeuge gekuschelt und seufzte. Er schnaubte leicht und lächelte: »in so was, ja? Dafür bin ich ja jetzt da. Lass mich einfach machen ...« Er küsste sie auf die Stirn und streichelte ihre Hüfte. Sanft drehte er sie auf den Rücken und küsste sie erst auf die Augen, auf die Nase und auf den Mund. Langsam wanderte er weiter über den Hals und die Halsbeuge bis zu ihrem Brustansatz. Leicht pustete er über ihre hoch aufgerichteten Brustwarzen bevor er sie in seinen heißen Mund nahm und zu saugen begann. Livia begann sich unter seinen Liebkosungen zu winden aber er gab nicht nach. Zuerst umspielte und saugte er an der linken Brust, bis er federleichte Küsse auf die rechte setzte. Ihre Hände hielt er mit seinen über ihrem Kopf gefangen. Als sie anfing, mit den Beinen zu strampeln, küsste er sie auf den Mund und lachte: »Bleibst du wohl still liegen!?« Bevor Livia antworten konnte verstärkte er den Druck auf ihre Lippen und öffnete sie mit seiner Zunge. Hungrig erwiderte sie den tiefen Zungenkuss und als er ihre Hände freigab, packte sie ihn an seinen Schultern. »Was ist?« flüsterte er, »soll ich aufhören?« Als Antwort zog sie ihn zu sich herunter und küsste ihn abermals während sie ihre Beine um ihn schlang um ihn näher bei sich zu spüren. Mats verstand die Aufforderung und zog ihr die Strumpfhose und das Höschen aus und entledigte sich selbst seiner Kleidung. Dabei beförderte er ein Kondom aus seiner Brieftasche zu Tage. Dann beugte er sich über sie und stützte sich auf seine Oberarme. Mit einem Bein schob er ihre Beine auseinander und fuhr mit den Fingern Kreise über ihren Bauch hin zum Bauchnabel und tiefer. Livia hielt die Luft an, als er mit seinen Fingern an ihren Schamlippen angelangt war und in ihre Nässe eintauchte. Sie hatte so lange keinen Sex mehr gehabt, dass sie bereits auf dem besten Weg war, einen Orgasmus nur durch seine Berührungen zu erleben. Mats schien das zu bemerken, denn er verstärkte den Druck seiner Finger und glitt in ihre Klitoris während er sanft ihren Schamhügel küsste und sie dann mit der Zunge berührte. Sie wand sich unter ihm, doch er hielt inne bevor sie explodierte. Sie wusste bereits jetzt schon nicht mehr wo oben und unten war und entschied sich dafür, im Himmel angekommen sein. Mats beugte sich über sie und küsste sie wieder zart auf den Mund, auf die Augen und auf die Nase. Sie schmeckte ihre eigene Nässe und fühlte sich der Welt entrückt. Wie durch einen Nebel nahm sie war, wie Mats wieder ihre Beine auseinanderschob, sich das Kondom überstreifte und sich zwischen sie kniete. Sie spürte seine harte Erektion an ihrer Vulva und dann war er in ihr. Er schob sich zuerst ganz langsam voran, sie war so eng, er zog sich zurück um dann ein wenig fester zuzustoßen. Wieder zurück und erneut ein harter Stoß. Livia krallte sich in seine Oberarme und seufzte jedes Mal tief. Sie war sich nicht mehr sicher, ob es funktionieren konnte. Er schien zu groß für sie zu sein. Mats stütze die Hände neben ihr auf und stöhnte ebenfalls. Er spürte, dass sie die Luft anhielt und hielt inne. Als sie ihn aber mit großen Augen flehend ansah und ›bitte, jetzt nicht aufhören‹ flüsterte, verstärkte er seine Stöße um tiefer in sie zu dringen. Wieder und wieder stieß er zu und ihr Orgasmus ließ nicht lange auf sie warten. Sie bog den Kopf nach hinten und hob das Becken an als sie kam und völlig losgelöst aufschrie. Mats stieß weiter und genoss das Gefühl, wie sich ihre pulsierenden Muskeln eng um ihn schlossen. Seine Hoden zogen sich zusammen, er spürte, dass er sich nicht mehr lange zurückhalten konnte und verstärkte seine Stöße. Livia schlang ihre Beine um seine Hüften um ihn noch tiefer in sich aufzunehmen und passte sich seinem Rhythmus an. Als sie das zweite Mal zu kommen schien explodierte er in ihr. Ein Schweißtropfen fiel von seiner Stirn auf die Kuhle zwischen Livias Brüsten in der sich bereits Feuchtigkeit angesammelt hatte. Langsam rollte er sich von ihr zur Seite und stieß heftig die Luft aus.

Mats lag schwer atmend und total befriedigt auf dem Rücken als Livia sich auf die Seite drehte, ein Bein anwinkelte und auf seine legte. Er zog ihre Hand zu sich auf die Brust und spielte zärtlich mit ihren Fingern. Sie seufzte. Belustigt fragte er: »Was ist?« Als Antwort seufzte sie abermals und presste ihre Wade auf sein schlaffes Glied. Langsam bewegte sie ihr Bein hin und her bis sie spürte dass es erwachte. Mats stöhnte. Da stützte sie sich auf einen Arm und strich mit der anderen Hand über seine Brust hinunter zu seinem sich aufrichtenden Schaft. Mit dem Mund reizte sie seine Brustwarzen und zog mit der Zunge eine feuchte Spur zum Ansatz seines Schamhaares während sie ihn mit der Hand stimulierte. Livia hatte Florian nie oral befriedigt, sie fand es immer eklig. Aber hier mit Mats machte es sie total an. Vor allem weil er völlig erregt den Rücken durchbog als sie ihn in den Mund nahm. Sie leckte und saugte ihn bis er den Oberkörper aufrichtete und sie an den Haaren packte. Mit vor Erregung ganz schwarzen Augen sah er sie an: »Hör auf, ich komm gleich«, krächzte er. Er zog sie neben sich und atmete schwer. »Noch einmal!« schnurrte sie an seiner Halsbeuge. Er zog eine Augenbraue hoch: »Du hast eine bessere Kondition als meine Spieler!«

»Du schläfst mit deinen Spielern?« gespielt empört riss sie die Augen auf. Als Antwort lachte er heiser, packte sie, drehte sie auf die andere Seite und drang von hinten in sie ein.

Mats erwachte, weil er sein Handy piepen hörte. Da fiel ihm ein, dass er zum Mittagessen mit dem Vorstand verabredet war. Die Terminerinnerung hatte er auf zwei Stunden vorher programmiert. Also hatte er noch ein wenig Zeit und streckte sich genüsslich. Er fühlte sich vollkommen entspannt. Sie hatten sich noch zweimal geliebt in dieser Nacht und er konnte nicht sagen, wann er sich das letzte Mal so wohl und erfüllt gefühlt hatte. Die ganze schlechte Stimmung im Verein um den Tabellenplatz, der Druck der öffentlichen Meinung und der Anspruch der Vereinsführung war in den Hintergrund gerückt. Er wollte Livia nicht mit Dominique oder Mellie vergleichen, aber der Sex mit ihr war wie ein Rausch gewesen. Sie war zu Anfang etwas gehemmt gewesen, was er ausgesprochen süß fand, entpuppte sich dann aber als unersättlich und überraschte ihn mit einer ungestümen Wildheit, die ihn richtig scharf gemacht hatte.

Livia gab ein Geräusch von sich. Sie lag auf der Seite, den Kopf ihm gewandt und schien noch zu schlafen. Er konnte ihre Augen nicht sehen, da ihr die Haare ins Gesicht hingen. Ihr gleichmäßiges Atmen veranlasste ihn aber zu dieser Annahme. Er betrachtete sie. Sie hatte einen Arm unter dem Kopf und mit dem anderen hielt sie züchtig die Bettdecke vor ihre Brust. Plötzlich bewegte sie sich und drehte sich auf die andere Seite. Er schob sich hinter sie, legte einen Arm auf ihren Bauch und küsste sie zart auf die Schulter. »Liv?« Sie brummte als Antwort. Er lachte leise und küsste sie nochmals. »Livia, ich muss gehen. Ich treffe mich um ein Uhr mit dem Präsidenten zum Essen.« Livia drehte sich auf den Rücken und strich sich die Haare aus dem Gesicht: »Wie spät ist es jetzt?«

»Halb zwölf«, antwortete Mats. »So spät schon...,« sagte sie betrübt. Er lachte und zog sie an sich. »Ja, Gott sei Dank, so spät schon. Ich könnte jetzt nicht nochmal, ich spür jeden einzelnen Muskel!« Livia richtete sich auf und tat entrüstet: »Kein Wunder ist dein Team nicht in Form, wenn du schon keine Kondition hast!«

»Ganz dünnes Eis! Ganz dünnes Eis auf dem du dich da bewegst!« entgegnete er ihr lachend und kniff sie in den Po. Livia wandte sich aus seiner Umarmung und stand auf: »Möchtest du noch einen Kaffee oder musst du gleich gehen?« Sie stellte sich fragend, vollkommen nackt, vor das Bett. Mats gefiel was er sah auch wenn sie ein wenig breiter in der Hüfte war als seine bisherigen Freundinnen beziehungsweise Bettbekanntschaften. Schließlich zählte er Mellie ja nicht als seine Freundin. Auch hatte Livia kräftigere Schenkel als er gewohnt war, aber als er daran dachte, wie sich diese Schenkel um seine Hüften geschlungen hatten, bekam er schon wieder einen Ständer. Außerdem konnte er den Blick nicht von diesen großen schweren Brüsten abwenden, die so perfekt in seine Hände passten. Es imponierte ihm, wie sie sich völlig ungehemmt gab. Er lächelte und sagte: »Kaffee wäre toll.« Livia griff zu einem T-Shirt das auf einem Stuhl lag und ging ins Bad. Als Mats sie in der Küche hantieren hörte, sammelte er seine Kleidung zusammen und ging ebenfalls ins Bad. Livia bereitete zwei Tassen Milchkaffee zu und stellte einen Teller mit Weihnachtsgebäck auf den Tisch. Spanien und seine Bräuche hin und her, aber wenn es auf Weihnachten zuging überkam sie die Lust auf klassisch deutsche Weihnachtsbäckerei. Mats riss die Augen auf als er den vollen Teller sah: »Wo hast du die denn her?« Genussvoll biss er in einen Zimtstern und griff schon nach einer Haselnussmakrone. Livia lächelte und schwieg. Er schien es gar nicht bemerken und hatte schon die nächsten Plätzchen gegessen. »Oh nein,« jammerte er dann, »ich kann jetzt gar nicht so viel essen. Wie sieht das denn aus, wenn ich mich mit dem Chef zum Essen treffe und dann keinen Hunger habe?« Traurig blickte er auf die übrig gebliebenen Weihnachtskekse und trank seinen Kaffee. Dann schob er doch noch einen Zimtstern hinterher und küsste Livia mit vollem Mund auf die Stirn. »Ich muss ...« Bedauernd nahm er Handy und Autoschlüssel vom Sideboard und ging zur Tür. Mit einem sehnsüchtigen Blick drehte er sich nochmals zu Livia um. Wobei für Livia unergründlich war, ob der Blick ihr oder dem Teller vor ihr galt. Dann schloss er die Türe hinter sich. Erst als er im Auto den Motor startete und in den Verkehr einfädelte fiel ihm auf, dass er keine weitere Verabredung mit Livia getroffen hatten. So betrachtet konnte man diese Nacht auch als One-Night-Stand einordnen. Die Frage stand im Raum.

Als Mats gegangen war, räumte Livia die Küche ein wenig auf und sammelte dann die im Schlafzimmer verstreuten Klamotten der vergangenen Nacht auf, während sie zum einen in Erinnerung an diese Nacht schwelgte zum anderen verwirrt war, weil Mats einfach so gegangen war, ohne sie um ein weiteres Treffen zu bitten. Oder hätte sie ihn fragen sollen? Das hätte sie sich jedoch nie getraut. Zumal sie seine Beweggründe ja nicht kannte, warum es in dieser Nacht zu dieser unglaublichen Vereinigung hatte kommen können. Was war mit Dominique? Kelly hatte ihr erzählt, dass Mats ihr gegenüber von vorne herein erklärt hatte, dass Dominique nicht zur Taufe mitkommen könne. Sie sei schon seit dem Herbst zu Fernsehaufnahmen in Australien. Kelly wunderte sich lediglich über die Länge einer solchen Fernsehproduktion, hatte aber Mats nicht weiter darauf angesprochen. Zum anderen hatte sie auch erfahren dass Dominique nicht beim traditionellen Weihnachtsessen der ganzen Mannschaft dabei sein würde was bedeutete, dass sie über Monate hinweg in Australien zu sein schien. Livia wiederum hatte Mats nicht so eingeschätzt, als sei er auf ein schnelles Abenteuer aus. Aber letztendlich schien es das für ihn gewesen zu sein, sonst wäre er nicht so ohne eine weitere Verabredung gegangen.

Während sie darüber nachdachte, legte sie sich wieder in ihr Bett und steckte ihre Nase in das Kissen, in dem noch sein Geruch hing. Dabei fiel ihr auf, wann immer sie mit ihm zu tun hatte, breitete sich dieses Gefühl in ihrem Bauch aus, dass sie so lange nicht mehr gespürt hatte.

Mats traf zwei Minuten vor ein Uhr im Restaurant in der Innenstadt ein während Fabricio Nadal bereits am Tisch saß und die Speisekarte studierte. Fabricio war seit über dreißig Jahren Präsident dieses Vereines und Mats schätzte ihn sehr, im Besonderen neben seiner fachlichen Kompetenz auch seine Menschlichkeit. Er redete nie um den heißen Brei herum sondern legte die Fakten auf den Tisch. Dies war bei Mats' Verpflichtung so gewesen und bei allen Transfers, die er tätigte beziehungsweise früher oder später tätigen wollte. Fabricio hatte stets klar Stellung bezogen und auch den einen oder anderen Spieler mit einer plausiblen Erklärung abgelehnt.

Als Mats den Stuhl zurückzog, sah Fabricio auf die Uhr und schmunzelte: »Ich schätze Pünktlichkeit. Aber da du mit nassen Haaren hier auftauchst, ist es wohl eher knapp zugegangen?« Mats beugte sich über den Tisch und schüttelte die ihm gebotene Hand und gab zurück: »Kelly und Alvarez hatten gestern Taufe. Ist ein bisschen später geworden...« Fabricio nickte verständnisvoll und vertiefte sich wieder in die Karte. Nachdem sie das Menü bestellt hatten, faltete Fabricio die Hände vor sich und sagte: »Mats, kommen wir gleich auf den Punkt: Die Mitglieder im Aufsichtsrat sind unruhig. Die Ergebnisse und der Tabellenstand befriedigen sie nicht. Noch verhalten sie sich still weil sie noch nicht in der Mehrheit murren, aber die Stimmung kann mit der nächsten Niederlage kippen.« Mats lehnte sich zurück und strich das Tischtuch glatt: »Der Aufsichtsrat kann versichert sein, dass es mir genauso geht. Ich bin auch nicht zufrieden. Abgesehen davon, dass ein Trainer nie zufrieden sein sollte, gefällt es mir genauso wenig wo wir stehen. Das Problem im Moment ist die etwas unsichere Verteidigung. Wir machen vorne die Tore aber wenn es ein knappes Ergebnis ist, werden sie mir hinten nervös. Und daran arbeiten wir im Augenblick mit vereinten Kräften.« Fabricio nickte: »Das sehe ich genauso. Trotzdem denke ich, wenn wir in der Winterpause einen guten Abwehrspieler kriegen könnten, sollten wir zugreifen. Einfach auch um unseren jungen Leuten einen erfahrenen, souveränen Spieler zur Seite zu stellen.« Mats zog die Stirn in Falten und fragte: »Wenn du so konkret wirst, hast du schon einen im Auge. An wen denkst du?« Fabricio beugte sich vor und sprach nun leiser: »Ich habe mit Senor Marchese gesprochen. Jesus Ramirez denkt über einen Abschied in Madrid nach.«

Dies war eine Information, die Mats sprachlos machte. Mit Senor Marchese zu sprechen war wie eine Audienz beim Papst zu bekommen. Senor Marchese war Spielerberater einer ganz kleinen Anzahl von Spielern, deren Marktwert so hoch war, dass man es sich erlauben konnte, eben nur wenige zu betreuen. Auch machten Spieler diesen Kalibers nicht allzu viel Arbeit, da nur wenige Vereine ein Angebot in der zu erwartenden Höhe abgeben konnten. Daher resultierte auch allgemein die Ehrfurcht, Marchese nicht mit dem Vornamen sondern mit ›Senor‹ anzusprechen. Mats kam aus dem Staunen nicht mehr heraus: »Was um Gottes Willen soll er denn kosten? Hast du eine Milliardenspende bekommen?«

»Das lass mal meine Sorge sein. Ich wollte ja nur mal hören wie du darüber denkst?« Mats ereiferte sich und sagte aufgeregt: »Wer würde Jesus nicht haben wollen, wenn er ihn sich leisten könnte. Ich bin nur neugierig, wie du ihn finanzieren willst? Muss ich einen Spieler abgeben?« Plötzlich fiel ihm ein Livia ein. Stand sie nicht auf Jesus Ramirez? Ein unbekanntes Gefühl überkam ihn. Eifersucht? Er wischte den Gedanken beiseite und folgte wieder den Ausführungen seines Präsidenten. Noch war nicht geplant einen Spieler abzugeben sondern den neuen Spieler mit privaten Investoren zu finanzieren. Fabricio Nadal wollte mit dem Sportdirektor die weitere Vorgehensweise besprechen und dann die entsprechenden Schritte einleiten. Mit dem Spieler selber war noch gar nicht gesprochen worden. Es bestand durchaus die Möglichkeit, dass er gar nicht nach Valencia wechseln wollte sondern das Ausland vorzog.

Mats fuhr nach dem Essen todmüde nach Hause und legte sich vollkommen angezogen auf sein Bett. Der gestrige Tag war lang und unterhaltsam gewesen, die Nacht dafür recht kurz wenngleich er sie unglaublich erotisch in Erinnerung hatte. Doch nun fielen ihm vor Erschöpfung die Augen zu.

******

Am Montagmorgen erwachte er wider Erwarten vollkommen ausgeschlafen und ausgeruht. Keine Kopfschmerzen plagten ihn nach den vergangenen beiden Tagen. Nach einer Dusche und einem kurzen Frühstück fuhr er zum Trainingsgelände und nahm seine Arbeit auf. Die Jungs arbeiteten gut mit und murrten nicht über das intensive Training. Fabio, sein Co-Trainer, und er hatten sich auf neue ›Pärchen‹ geeinigt, indem sie Spieler in anderen Kombinationen miteinander trainieren ließen, um sie für den Gegner unberechenbarer zu machen. Auch Mikki Tallin, der Stürmer aus Armenien, der von dem Vorgängertrainer der letzten Saison geholt wurde und beinahe ein ganzes Jahr lang verletzt gewesen war, schien auf sein Comeback zu brennen. Mats hatte ihn immer wieder bei seinen Rehabilitationsübungen beobachtet und war ebenfalls stark daran interessiert, ihn endlich einsetzen zu können. Immer wieder übten sie mit den Mittelfeldspielern und den Stürmern neue Lauf- und Paßwege und banden auch die Verteidiger für den Spielaufbau mit ein. Dabei schien die Paarbildung mit Mikki und Marc trotz unterschiedlicher Spielanlagen wider Erwarten sehr gut zu harmonieren. Mats war sehr zufrieden als er Zusammenstellungen, die er im Kopf hatte gut umgesetzt sah. Alles in allem fühlte er sich seit Wochen das erste Mal wieder positiv gestimmt und sah zuversichtlich den nächsten Spielen entgegen. Das Nachmittagstraining beendete er damit, dass er seine neuen Formationen gegeneinander antreten ließ. Das war der Mannschaft sowieso immer das liebste, wenn die trockenen Übungen zu Ende waren und sie spielen durften. Da waren und blieben sie einfach nur Kicker.

Livia hatte sich mit Kelly in der Stadt zum Mittagessen getroffen. Kelly hatte an diesem Tag zum ersten Mal einen Babysitter – einen siebzehnjährigen Teenager – zur Probe zu Hause. Sie wollte ihn für eine Weile mit den Kindern alleine lassen. Allerdings nicht zu weit entfernt, so dass sie für den Fall, dass das Mädchen nicht mit ihren Kindern klarkam, schnell nach Hause konnte.

Zuerst waren die beiden Frauen in einer kleinen Boutique stöbern gewesen. Eigentlich wollte Livia nichts kaufen aber durch das Catering war ein bisschen Geld in die Kasse gekommen und im Laden fand sie einen hellbraunen Kaschmirpullover mit eingestrickten Perlen, der es ihr angetan hatte und der wunderbar zu ihrer Haarfarbe passte und von dem sie wusste, wenn sie ihn nicht sofort kaufte, würde er ihr trotzdem nicht mehr aus dem Kopf gehen.

Nachdem sie sich etwas zum Essen bestellt hatten musste Livia neidlos anerkennen wie Kelly Unmengen essen konnte ohne dass es sich auf ihren Hüften bemerkbar machte. Das hatte sie vorgestern anlässlich des Buffets schon festgestellt, denn Kelly hatte stets einen vollen Teller vor sich stehen gehabt. Und auch beim Dessert nicht gekniffen.

Während des Einkaufs hatte Kelly Livia schon immer wieder eindringlich angesehen aber die tat als würde sie es nicht bemerken. Doch Livia war sich sicher, dass sie ihr in dem Café nicht länger ausweichen konnte. Kaum dass die Bedienung ihnen den Rücken zuwandte, stieß Kelly sie an: »Und, wie war's vorgestern noch?« Livia tat verwundert und fragte zurück: »Was soll vorgestern noch gewesen sein?« Kelly war enttäuscht: »Habt ihr nicht ein bisschen geknutscht? So im Auto oder unter der Laterne? An der Tür? Kein kleines bisschen?« Hier musste Livia lügen um ihrer selbst Willen. Sie wollte nicht mal vor Kelly als dumme Gans dastehen, die auf einen One-Night-Stand reingefallen war. »Warum sollte er mich küssen wollen? Er hat doch eine Frau oder Freundin oder was auch immer.« »Genau, was auch immer! Hast du die eigentlich hier schon mal gesehen? Mats ist jetzt ein halbes Jahr in Valencia. Ich kenn Nicki ja früher, aber im Moment macht sie sich ziemlich rar. Der arme Mats muss ja schon auf dem Zahnfleisch gehen!« Wissend klimperte sie mit den Wimpern. ›Womöglich ist er ja auch auf dem Zahnfleisch gegangen und hat sich bei mir nur ein bisschen abreagieren wollen,‹ dachte sich Livia, sagte aber nichts, zuckte lediglich mit den Schultern. Das erklärte jedenfalls, warum er so sang-

und klanglos verschwunden war. »Schade.« bedauerte Kelly das offensichtlich nicht eingetretene Abenteuer, »Du würdest besser zu ihm passen. Ich finde Dominique ist so ein kühler, herber Typ. Mats ist eher ein lieber und offener Kerl. Ich weiß nicht, was er an ihr findet.«

»Aber trotzdem sind die beiden schon so lange zusammen. Und außerdem war sie erst vor ein paar Wochen zu Besuch. Davon war sogar ein Bild in der Zeitung.« entgegnete Livia. Endlich kam das Essen und Livia war froh, aus der Nummer rausgekommen zu sein. Fürs erste einmal nur, denn natürlich musste Kelly das Thema Urlaub nochmals ansprechen. Sie hatten nämlich die Reise jetzt auf nach Neujahr verschoben, weil die Fußball-Winterpause beinahe bis Mitte Februar dauerte und die Vorbereitung erst nach dem 12. Januar begann. »Kannst du dann nicht doch mit, wenn wir erst nach dem 3. oder 4. Januar fliegen? Nur eine Woche?« bettelte Kelly. »Wann ist denn dein Rückflug aus Deutschland geplant?« Livia mochte Kelly zu gerne als dass sie hier jetzt auch lügen wollte und seufzte: »Ich fliege gar nicht nach Hause.« Kelly war überrascht: »Wie jetzt…?«

»Ich hatte nie vor nach Hause zu fliegen, ich hab gar keinen Kontakt zu meiner Familie. Aber ehrlich gesagt, ich kann mir eine Woche Dubai oder sonst wo gar nicht leisten.« Livia sah auf ihren Teller, beschämt und den Tränen nah. »Aber warum hast du das dann gesagt?« Kelly verstand gar nichts. »Weil es nicht so einfach ist zu sagen, dass es mir an Geld fehlt um mit euch in Urlaub zu fahren. Für euch ist das alles finanziell kein Beinbruch.« Livias Stimme war nur noch ein Flüstern und sie wagte es nicht, ihrer Freundin ins Gesicht zu sehen. Erst als Kelly ihr eine Hand auf den Arm legte hob sie den Kopf. »Ich versteh dich. Aber mir hättest du es sagen können. Ich hätte es verstanden und eigentlich müsstest du das wissen.« Livia war dankbar für das Verständnis, das ihr die Freundin entgegenbrachte und schämte sich aber immer noch ein bisschen. »Ja. Ich hätte es wissen müssen aber an diesem Tisch war es einfach nicht möglich.« Kelly tätschelte ihr freundschaftlich den Arm und sie aßen schweigend zu Ende. Livia war froh, dass sie Kelly hier die Wahrheit gesagt hatte und nicht ihre Freundschaft aufs Spiel gesetzt hatte.

Mats duschte und rasierte sich nach dem Nachmittagstraining mit seiner Mannschaft und zog sich in seiner Kabine an, dabei ging er großzügig mit seinem Deodorant um. Als er mit der Sporttasche über der Schulter das Trainingsgelände verließ begegnete er Alvarez. Der hob schnuppernd die Nase in die Luft und fragte: »Ist Dominique in der Stadt oder gehst du asiatisch naschen?«

»Weder noch,« gab Mats zurück und entschwand ohne einen weiteren Kommentar. Er war selbst ein wenig gespannt, ob sein Vorhaben Erfolg haben würde. In Gedanken versunken lenkte er den Porsche stadtauswärts und beschleunigte auf der linken Spur. Er parkte vor Livias Haus, sprang die Treppen hoch und klingelte. Als sie aber auch nach mehrmaligem Klopfen nicht öffnete, wandte er sich enttäuscht ab. In diesem Augenblick bog sie um die Ecke und kam mit einem Stapel Papieren die Treppe hoch. Als sie ihn sah, riss sie überrascht die Augen auf und blieb stehen: »Mit dir habe ich nun gar nicht gerechnet.« Ihr Ton war kühl aber ihre Augen verrieten sie. Sie strahlten. Er sah es ganz deutlich, dass sie sich freute, ihn zu sehen jedoch bemüht war, es sich nicht anmerken zu lassen. Ganz unverbindlich fragte er: »Ich wollte etwas essen gehen und dich fragen ob du Lust hast mitzukommen?«

»Komm erst mal rein«, sagte sie und schloss die Türe auf. Als sie an ihm vorbeiging wollte er sie gerne küssen aber ihre Haltung signalisierte ihm Distanz. Daher wollte er sie nicht überrumpeln und hielt sich zurück. Sie sah toll aus. Sie trug eine schwarze enge Jeans und einen hellen sich weich anfühlenden Pullover mit winzigen Perlen auf der Vorderseite. »Wo wolltest du denn hin?« fragte sie ihn.

»Willst du dich überraschen lassen? Vertraust du mir?«

»Hm.« Sie lächelte schwach: »Kann ich dir denn vertrauen? Vorgestern habe ich dir auch vertraut und dann bist du über mich hergefallen!« Da musste er lachen, zog sie nun doch an sich und sprach mit heiserer Stimme: »Ich glaube, du bist über mich hergefallen! Und überhaupt: ich konnte nicht viel Gegenwehr feststellen.«

»Wenn ich mich doch nur erinnern könnte …« Livia zog die Stirn in Falten und schien nachzudenken. Da packte er ihren Kopf und küsste sie hart auf den Mund. Sie erwiderte den Kuss und gab schon wieder diesen kleinen Seufzer von sich, der ihn schon in jener gemeinsamen Nacht beinahe um den Verstand gebracht hatte. Als sie dann aber seinen Magen knurren hörte, unterbrach sie die wilde Knutscherei und schmunzelte: »Ok, ich hab verstanden. Gib mir zwei Minuten...«

Kurze Zeit später saß sie wieder einmal in seinem Wagen und sie fuhren an der Küste entlang weiter aus der Stadt heraus. Nach zwanzig Minuten bog er in eine Seitenstraße und hielt an einer kleinen unscheinbaren Tapas-Bar, die beinahe direkt am Strand lag. Eine Terrasse führte rund um das Lokal. Das bedeutete, dass man im Sommer bis zur völligen Dunkelheit draußen sitzen und auf das Meer sehen konnte.

Das Lokal war gut besucht, doch der Besitzer erkannte Mats natürlich und führte sie an einen Tisch ein wenig abseits. Als der Wirt Mats lautstark und überaus erfreut begrüßte und auch Livia freudestrahlend die Hand über so hohen Besuch schüttelte, verzog sie unmerklich das Gesicht. Mats jedoch bemerkte es und fragte: »Was ist, gefällt es dir hier nicht?« Es war ihr unangenehm, dass er es bemerkte und sie zögerte bevor sie ihm eine Antwort gab: »Ich weiß nicht, ob man uns so in der Öffentlichkeit zusammen sehen sollte.« Jetzt sah sie ihm offen in die Augen. Mats starrte sie an: »Wieso nicht?« Trotzig gab sie zurück: »Ich mag einfach nicht morgen früh mein Bild als dein ›Seitensprung‹ in der Zeitung sehen, ok?« Er seufzte: »Ich sehe hier keine Presse also lass uns was essen, mehr nicht.« Livia nickte nur und vertiefte sich dann in die Karte. Zur Aufnahme der Bestellung kam wieder der Chef persönlich und teilte Mats mit dass seine Frau heute Pasta Pesto als »Spezialität« zubereiten würde. Livia glaubte, sich verhört zu haben. Noch nie hatte sie in einer Tapas-Bar Pasta gegessen. »Möchtest du Spaghetti?« fragte Mats. Sie verneinte und bestellte sich gegrillte Tintenfischringe und einen Rotwein. Mats nahm die Pasta und ein Bier. »Hoffentlich ist nicht zu viel Knoblauch an deinem Fisch.« sagte er zu ihr. Fragend sah sie ihn an. »Naja. Es ist nicht gerade super angenehm, wenn einer die ganze Nacht nach Knoblauch riecht.« Livia riss empört die Augen auf: »Ganze Nacht? Glaub ja nicht, dass wir wieder zusammen im Bett landen werden.« Da musste er lachen: »Liebe Livia, wenn du weiter so schreist, brauchen wir keine Presse. Da sorgst du ganz allein für Aufruhr im Lokal. Entspann dich. Sex macht Spaß, dir doch auch. Also lass uns zusammen Spaß haben. Ohne Verpflichtung, wir müssen ja nicht gleich heiraten.« Sie schlug ihm mit der Hand auf den Arm: »Du nimmst mich nicht ernst.« Er dagegen fing den Schlag ab und hielt ihre Hand fest. Dann nahm er sie in beide Hände und küsste jeden einzelnen ihrer Finger und sah ihr dabei tief in die Augen. »Liv, ich nehm dich sehr wohl ernst. Wir lernen uns gerade erst richtig kennen. Gib uns Zeit... Und mach dir keine Gedanken wegen Dominique. Sie ist Geschichte.« Livias Herzschlag setzte aus: »Seit wann? Ich hab nichts davon gehört. Warum weiß das niemand?«

»Diesbezüglich habe ich einfach Glück gehabt. Es hat keiner mitbekommen. Sie hat mich quasi zwischen zwei Flügen abserviert, im Oktober schon.« Und dann erzählte er ihr die ganze Geschichte.

Livia hatte sich wieder gefangen und entzog ihm ihre Hand um einen Schluck Wein zu trinken. Dann sah sie ihn fragend an: »Moment mal. Das heißt keiner weiß was davon?« Sie drehte die Augen zur Decke und grinste: »Meine Geldsorgen sind Vergangenheit. Ich steck's der Presse. Wenn die Kasse stimmt ...«

»Das versuch mal!« knurrte er. »Da leg ich dich übers Knie, dass du drei Tage im Stehen schlafen wirst.« Sie klimperte mit den Wimpern und wisperte: »Oh ja bitte, Mr. Grey. Versohlen Sie mir den Hintern. Ich kann es kaum erwarten.« Mats flüsterte nun ebenfalls: »Ich warne dich: Gegen mich ist Mr. Grey ein Warmduscher!«

Ehe sie das Geplänkel fortsetzen konnten, wurde ihr Essen serviert. Mats erhielt eine Riesenportion Pasta. Jetzt erst fiel Livia wieder ein, dass sie ihn fragen wollte, wieso es hier Pasta gäbe. Er erklärte ihr, dass die Frau des Restaurantbesitzers aus Sizilien komme. Das hatte er bei einem seiner Gespräche mit den Eheleuten erfahren und als Mats daraufhin erzählt hatte, dass er eigentlich auch nach Italien wechseln hätte können, schlug die Frau des Gastwirts begeistert die Hände zusammen und eilte in die Küche um eine Riesenportion Spaghetti Napoli für ihn zu kochen. Seither hatte sie immer eine kulinarische Überraschung für ihn, wenn er zum Essen kam.

Während sie ihr Essen genossen, sprachen sie über alles Mögliche. Jeder für sich fand es angenehm, sich über Alltägliches unterhalten zu können. Es gab ihnen auch Einblick in das jeweilige Leben des anderen. Mats ließ sie von seiner Pasta probieren und sagte: »Heb ein paar Tintenfische für mich auf, da ist mächtig Knoblauch dran. Wenn wir beide danach riechen fällt es nicht so auf.« Er fing schon wieder damit an und sie entgegnete ihm entrüstet: »Das hatten wir bereits: glaub ja nicht, dass wir wieder Sex miteinander haben. Mein Bett ist für dich heute tabu! Vorgestern war ich nicht mehr nüchtern und somit auch nicht Herr meiner Sinne.« Mats verdrehte die Augen und hob ihr Weinglas in Richtung Theke: »Bitte nochmal dasselbe.« Und an sie gewandt grinste er sein typisches Mats-Grinsen: »Dann halt in mein Bett.«

Während Livia auch das zweite Glas Wein trank, genoss sie die entspannte Atmosphäre zwischen ihnen. Sie unterhielten sich weiter darüber wie und warum sie zum Beispiel alle beide in Valencia gelandet waren. Wie sie zu ihren Familien standen. Sie kamen von einem zum anderen, erfuhren voneinander, dass sie die gleiche Musik hörten und die gleichen Kinofilme mochten. Sie stellten beide zum Beispiel fest, dass sie viel lieber den Abend zu Hause auf der Couch verbrachten als auszugehen. Sie lachten viel und hatten genug Gesprächsstoff ohne zu bemerken wie die Zeit verging. Livia fühlte sich wohl wie schon lange nicht mehr und wieder breitete sich dieses angenehme Kribbeln in ihrem Bauch aus.

Als es an das Bezahlen ging, ließ Mats sich nicht davon abbringen, für sie beide zu bezahlen. »Ich habe dich hier her gebracht, dann betrachte es auch als Einladung.« Sie seufzte und überließ ihm die Rechnung. Als sie vor die Bar traten, nicht bevor der Wirt ihm überschwänglich auf die Schultern geklopft hatte und ihn gebeten hatte, bald wieder mit seiner ›bezaubernden Frau‹ vorbeizuschauen, fuhren sie zurück zu Livias Wohnung. Als Mats rechts ran fuhr um anzuhalten, ließ er den Motor laufen: »Wie ist es nun, soll ich noch mit raufkommen?« Sie konnte seinem sanften Blick kaum standhalten und ihr

Herz schrie ›jajaja bitte‹, doch ihr Verstand riet ihr die Worte: »Nein, besser nicht,« auszusprechen. Mats zeigte keine Regung sondern beugte sich zu ihr herüber und küsste sie auf die Wange: »Ok, ich hab's kapiert. Dann schlaf gut.« Livia antwortete: »Du auch und vielen Dank für den schönen Abend!« Dann lief sie ohne sich umzudrehen die Treppe zu ihrer Wohnung hinauf. Nachdem sie die Tür hinter sich geschlossen hatte, lehnte sie sich völlig erhitzt dagegen.

Kurze Zeit später klopfte es. Sie konnte sich nicht vorstellen, wer um diese Zeit noch vorbeikommen könnte und öffnete daher die Tür nur mit vorgezogener Sicherungskette. Mats lehnte im Türrahmen und sagte: »Ich wäre hier für den Fall, dass du deine Meinung geändert hast.« Schnell entriegelte sie das Schloss und zog ihn am Kragen seiner Lederjacke in die Wohnung. Er schmunzelte, während sie die Arme fest um seinen Hals schlang und ihn fest auf den Mund küsste: »Wusst ich's doch ...« Auf dem Weg zum Schlafzimmer zogen sie einander hastig aus und ließen die Kleidung einfach liegen.

In den folgenden Wochen trafen sie sich immer wieder, versuchten aber nicht in der Öffentlichkeit aufzutreten. Mats achtete von sich aus darauf und Livia war ihm sehr dankbar dafür. Sie genoss die Zeit mit ihm, die nicht jedes Mal damit endete, dass sie im Bett landeten. Manchmal saßen sie nur auf ihrer Couch und knutschten ein bisschen während der Fernseher lief. Mats bemängelte, dass sie keinen DVD Player hatte. Er beruhigte sich aber schnell als er merkte, dass sie sowieso nicht hinsahen. Sie liebte es in seinen Armen auf dem Sofa zu liegen. Und auch Mats schien ein starkes Bedürfnis nach Nähe zu haben.

Der RCD Valencia hatte bis zur Winterpause noch ein Heim- und ein Auswärtsspiel. Vor dem Heimspiel bezog das Team am Freitagvormittag ein Mannschaftshotel um sich störungsfrei gemeinsam auf das Spiel am Samstag vorzubereiten und für das Auswärtsspiel flog das Team bereits am Donnerstagabend nach Billbao. Das waren mehr Informationen als Livia sonst von Mats erhielt. Damit sie wusste, wann er nicht in der Stadt war. Sie trafen keine konkreten Verabredungen. Meist kam er einfach bei ihr vorbei weil er voraussetzte, dass sie zu Hause war. Livia war viel zu verliebt, als dass sie es bemerkte.

******

Es waren nur noch zwei Wochen bis Weihnachten und Livia traf sich mit Kelly zum Frühstück in einer Bar in der Stadt. Kelly wollte sich noch etwas zum Anziehen für das alljährliche Weihnachtsessen der Mannschaft kaufen und Livia hatte eh nichts zu tun, da ihre Café-Bar saisonbedingt zu war und auch die Putz- und Renovierungsarbeiten abgeschlossen waren. Zu jeder anderen Zeit hätte sie Langeweile empfunden, aber im Moment fühlte sie sich entspannt und ausgeglichen. Was auch Kelly auffiel und nachdem sie mit dem Frühstück fertig waren sprach sie es auch an. Eine an beiden Armen vom Handgelenk bis zur Schulter tätowierte Bedienung räumte gerade den Tisch ab als Kelly Livia anstieß und fragte: »Willst du mir seinen Namen verraten?« Völlig überrascht sah Livia sich um und fragte zurück: »Wessen Namen?«

»Jetzt tu nicht so blöd. Du hast abgenommen und du strahlst so. Mich würde es nicht wundern, wenn du heute Morgen aus einem fremden Bett gestiegen bist.« Livia seufzte: »Kelly, du bist unmöglich, echt.« Wohlwissend, dass sie ihr nichts vorenthalten konnte, denn Kelly konnte extrem naseweis werden, wenn sie etwas wissen wollte, überlegte sie angestrengt, was und wie viel sie ihr erzählen musste. »Kelly, bitte. Ich sag's dir, aber behalt es für dich, kein Wort, auch nicht zu Alvarez. Ok?« Kelly hielt die Luft an und nickte: »Mats, oder? fragte sie.

»Wie kommst du darauf?« erschrocken riss Livia die Augen auf.

»Nur so eine Ahnung.«

»Ja. Ich treff mich mit Mats.« Kelly schlug so fest mit der Hand auf den Tisch, dass das Teelicht im Glas klirrte. »Ich wusste es ... aber warum haltet ihr es so geheim?«

»Weil ich nicht in der Zeitung auftauchen will. Ich bin keine Spielerfrau und auch kein Supermodel. Wir verabreden uns nicht mal richtig. Er kommt entweder vorbei oder er kommt nicht.«

Kelly staunte: »Wie, du wartest, ob er sich meldet und wenn nicht, dann nicht??? Wie lange geht das schon?«

»Seit Eurer Taufe,« erklärte Livia.

»Das sind fast vier Wochen. Und keiner hat was mitgekriegt?« Kelly war mehr als erstaunt.

»Zum einen will ich nicht, dass die Presse was mitbekommt also verhalten wir uns entsprechend und zum anderen sind fast wir ausschließlich bei mir. Die Bar ist zu und im Ort sind derzeit nur die Einheimischen; die interessiert so was nicht.«

»Hmmm. Hat er was wegen der Weihnachtsgala übernächste Woche gesagt?« Livia wusste wovon Kelly sprach und verneinte. Insgeheim hatte sie gehofft, dass Mats sie fragen würde, ob sie mitkommen möchte. Er hatte es aber bis jetzt nicht getan und der Stachel saß schon ein wenig tief. Aber wahrscheinlich hatte sie sich dies selbst zuzuschreiben, denn der Wunsch nicht in der Öffentlichkeit aufzutreten ging schließlich von ihr aus. Außerdem hatte sie sowieso nichts Passendes anzuziehen.

Als sie sich von Kelly verabschiedete, wollte sie sich nicht von ihr nach Hause bringen lassen sondern noch ein wenig durch die vorweihnachtliche Innenstadt schlendern. Weihnachten in Spanien war ganz anders als in Deutschland. Es hingen zwar Lichterketten in den Palmen und es klangen Weihnachtslieder aus den Geschäften aber anstelle von Schneewolken war der Himmel stahlblau und es pfiff der Wind durch die Straßen. Der war aber nicht sehr kalt so dass die Leute nach wie vor in den Straßencafés saßen, lediglich die Jacken erweckten den Anschein, dass es nicht mehr Sommer war.

Als sie an einem Schaufenster stand, in deren Auslage sie ein Kleid bewunderte, dass sie zur Weihnachtsfeier tragen könnte, wenn sie eingeladen wäre, erblickte sie im Spiegelbild wie auf der anderen Straßenseite Mats' Porsche anhielt. Livia verzog das Gesicht zu einem Lächeln bis sie zusehen musste wie eine junge Frau an den Wagen trat. Livia erkannte sie als die asiatisch aussehende Bedienung mit den vielen Tattoos aus der Bar, in der sie gerade mit Kelly gewesen war. Sie drehte sich um und sah wie die junge Frau Mats anlachte und ihn durch das herunter gelassene Seitenfenster stürmisch küsste. Er schien sich nicht dagegen zu wehren, im Gegenteil: es hatte den Anschein, als erwiderte er den Kuss sogar. Livia hatte das Gefühl, als würde sie ins Gesicht geschlagen.

Das Heimspiel am Sonntag war spektakulär verlaufen. Der Gegner aus Getafe war ein Team das nicht gerade aus filigranen Technikern sondern aus harten Arbeitern bestand. Und sie verursachten einen ständigen Sturm auf das Tor von Valencia. Die ersten dreißig Minuten spielte im Grunde nur eine Mannschaft. Der RCD Valencia war in seiner Hälfte eingeschnürt und gezwungen mit nahezu zehn Spielern zu verteidigen. Mats war schon Angst und Bange, dass seine Mannschaft in das alte Verhaltensmuster zurückfiel. Da gelang Marc ein Durchbruch durch die gegnerische Verteidigungslinie und der unglaublich schnelle Armenier Mikki Tallin lief auf dem Flügel mit. Zu zweit allein vor dem gegnerischen Tor brauchten sie sich nur noch den todbringenden Pass zuspielen und Mikki schob den Ball beinahe behutsam ins Tor. Das Publikum tobte nachdem es zuvor schon vereinzelte Pfiffe von sich gegeben hatte. Der Treffer brachte den Gegner, der bis dahin das Spiel bestimmt hatte, ins Wanken und dieser Unsicherheit folgten einige Fouls. Eins davon unmittelbar vor der Halbzeitpause im eigenen Strafraum. Der Schiedsrichter zeigte sofort auf den Punkt. Mikki Tallin war der vorgesehene Schütze für Elfmeter und verwandelte diesen auch souverän. Mats gönnte keinem Spieler diesen Erfolg mehr als Mikki, den viele nach seiner schweren Verletzung bereits abgeschrieben hatten. Nach der Halbzeitpause kamen die Spieler von Valencia mit breiter Brust zurück aus der Kabine und das Publikum peitschte sie zu weiteren Angriffen an. Marc Fletcher schoss das 3:0 in einem sehenswerten Alleingang, dann legte er nochmals mit einem genialen Pass Mikki das 4:0 auf den Fuß und zu guter Letzt erzielte Alvarez das 5:0 durch einen Freistoß. Nach diesem hohen Sieg kletterte die Mannschaft in der Tabelle von Platz acht auf Platz vier und wenn sie das letzte Spiel vor der Pause noch gewinnen konnten, würden sie auf diesem Platz sicher überwintern und im Februar neu angreifen können. Mats war sehr stolz auf sein Team und ließ sich seine Freude über den hohen Sieg deutlich anmerken. Er gab dem Team den ganzen Montag und auch Dienstagvormittag frei und erntete großen Beifall.

Nach dem Spiel ging Mats mit seinem Trainerteam und den Physiotherapeuten gemeinsam zum Essen. Dies hatte er in letzter Zeit vernachlässigt, nachdem er öfters gleich nach dem Training zu Livia gefahren war. Aber sein Team sollte nicht das Gefühl haben, dass Mats die falschen Prioritäten setzte, zumal niemand von seiner Beziehung zu Livia wusste. Schließlich war der Erfolg auch ihnen zuzuschreiben, da sie ebenso hart arbeiteten wie die Spieler. Aber er hatte der Mannschaft nicht ganz ohne Hintergedanken bis Dienstag freigegeben. Er hatte sich für Livia eine Überraschung ausgedacht und da kam ihm sehr entgegen, dass er bis Dienstag früh nicht zum Training musste.

Am Montagabend saß Livia auf ihrer Couch. Sie hatte kein Licht an, lediglich ein paar Kerzen und las als es klopfte. Ihr Herz schlug sofort schneller, denn einzig und allein Mats klopfte an ihre Türe. Alle anderen Besucher benutzten die Klingel. Sie rührte sie nicht. Keinesfalls würde sie ihm öffnen. Zwei Tage lang hatte sie sich die Augen aus dem Kopf geweint obwohl sie sich der Tatsache bewusst war, dass sie keine feste Beziehung mit Mats hatte. Gut, sie waren ein paar Mal miteinander ausgegangen, waren im Kino und sie hatten fantastischen Sex miteinander gehabt. Trotzdem konnte sie ihn nicht zur Rechenschaft ziehen wenn er mit anderen Frauen ausging und sie küsste. Aber mit sich selber konnte sie es nicht vereinbaren. Sie war verliebt in ihn, sie dachte ununterbrochen an ihn und es tat ihr weh, zu erkennen, dass er nicht so empfand.

Mats klopfte noch einmal und drückte gleichzeitig die Klingel. »Livia. Bist du da?« Er klopfte noch einmal. »Alles in Ordnung? Ich seh doch Licht!« Er klingelte anhaltend.

Livia öffnete und blieb in der Türe stehen. An ihrem Gesichtsausdruck konnte Mats sehen dass gar nichts in Ordnung war. Er trat einen Schritt vor zog sie an ihrer

Schulter an sich und küsste sie. Als sie den Kuss nicht erwiderte löste er sich von ihr und fragte irritiert: »Was ist los?« Schließlich hatte er sie vor fünf Tagen das letzte Mal gesehen. Mit einem Mal wurde ihm bewusst, dass er sie vermisst hatte. Sie schien nicht mit ihm gerechnet zu haben, denn sie trug eine graue Jogginghose, einen weiten hellgrauen Pullover und dicke Socken. Die Haare hatte sie zu einem Knoten hoch auf dem Kopf geschlungen und er fand sie einfach bezaubernd. Sie antwortete kühl: »Nichts ist los. Was gibt's?« Immer noch ließ sie ihn in der Türe stehen. Seine Verwirrung könnte nicht größer sein als er nochmals fragte: »Was ist los? Hast du schlechte Laune?«

»Nein. Hab ich nicht. Ich hab nur nicht mit dir gerechnet.« Ihr Ton war abweisend. Verblüfft trat er einen Schritt auf sie zu: »Ich wollte dich sehen und ich hab eine Überraschung für dich.« Ihre Augen blitzten als sie ihm bissig antwortete: »Noch eine? Ich hatte dieser Tage schon eine Überraschung. Die hat mir gereicht.« Jetzt reichte es Mats und er schob sie in die Wohnung und schloss die Tür: »Willst du jetzt mal mit der Sprache rauskommen? Was ist passiert?« Livia verschränkte die Arme vor der Brust und schluckte den Kloß in ihrem Hals. Sie merkte dass ihr die Stimme brach. Sie musste ihn loswerden bevor sie vor seinen Augen zu heulen begann. »Hat deine Freundin heute keine Zeit? Lässt sie sich ein neues Tattoo stechen? Vielleicht ›Mats forever‹ oder so?« Mats hatte keine Ahnung wovon sie sprach und fuhr sich durch die Haare. »Was?« Verdammt, warum musste er dabei so sexy aussehen? »Jetzt tu nicht so. Ich hab euch letzte Woche gesehen, wie sie zu dir ans Auto gekommen ist und dir ihre Zunge in den Hals gesteckt hat.« Da schien es ihm zu dämmern. »Du meinst Mellie? Am Donnerstag?« Er winkte ab: »Wir hatten mal eine kurze Affäre, aber das ist schon wieder vorbei.« Livia schnaubte: »Ja, genau so sah es auch aus. Sonst noch irgendwelche ›Affären‹? Ich zum Beispiel?« Immer noch hatte sie die Arme vor der Brust verschränkt. Da griff Mats sie am Bündchen ihrer Jogginghose und zog sie zu sich. Er schmunzelte: »Bist du etwa eifersüchtig?« Aber das Grinsen verging ihm als er sah, wie sich eine Träne aus ihrem Augenwinkel löste: »Jetzt wein doch nicht! Bitte.« Er nahm sie in seine Arme und strich ihr über die Haare. »Vergiss Mellie. Sonst keine weiteren ›Affären‹! Ich schwöre! Komm mit mir, ich hab eine kleine Überraschung für dich.« Verdammt. Er kriegte sie wieder rum, sie schmolz wie Wachs in seinen Armen und nahm den Kopf zurück: »Überraschung? Wie klein?« Er küsste sie auf die Stirn und fragte: »Wie sieht es aus, Lust auf einen Kinoabend?« Sie zögerte: »Mmmmmh. Kino? Da muss ich mich erst umziehen.«

»Nein, bleib so. Das ist perfekt.« Sie sah an sich hinunter: »Jogginghose?«. Mats schmunzelte: »Vertrau mir.« Livia zog die Stirn in Falten schlang sich aber einen Schal um den Hals und schlüpfte in eine Jacke und ihre Fellstiefel. Mats nahm ihre Hand als sie gemeinsam zum Auto gingen.

Mats fuhr in die Innenstadt und Livia haderte mit sich, ob sie sich nicht zu schnell hatte erweichen lassen. Er sollte nicht denken, dass sie dahinfloss sowie er auftauchte. Leider war es so und sie wusste nicht wie sie damit umgehen sollte. Ihr schlug das Herz bis zum Hals als er in die Tiefgarage eines modernen Wohnblocks einbog. Er nahm sie mit zu sich nach Hause, damit hatte sie nicht gerechnet.

Von der Tiefgarage aus gab Mats im Aufzug einen vierstelligen Code ein und der Aufzug brachte sie direkt in seine Penthouse-Wohnung. Als sich die Tür öffnete standen sie bereits im Vorraum seiner Wohnung. Sie zogen die Schuhe aus und Mats nahm ihr Jacke und Schal ab. Er führte sie ins Wohnzimmer das nur schwach beleuchtet war. Der Raum beeindruckte durch viel Glas und Chrom und eine riesige Couch in U-Form aus schwarzem Leder auf der gut und gerne zehn Personen Platz fänden. Auf dem niedrigen Glastisch standen verschiedene Schalen gefüllt mit Nüssen, Nachos mit Barbecue- und Käsesauce und Chips. Livia entdeckte eine DVD-Hülle von ›Mission Impossible, Teil V‹. Sie hatte Mats erzählt, dass sie den Film verpasst hätte, da sie zu dieser Zeit ihre Bar neu eröffnete und keine Zeit für Kinobesuche hatte. Sie drehte sich zu ihm um und schlang ihm die Arme um den Hals: »Du hast es dir gemerkt, mit dem Film, meine ich.« Er nickte: »Hmhm. Ich merk mir jede Kleinigkeit an dir! Mach's dir gemütlich. Platz ist genug. Ich komm gleich, ich hol uns nur noch was zu trinken.« Sie hörte wie er in der Küche rumorte und ein undefinierbares Geräusch erzeugte. Als er zurückkam brachte er eine Schüssel warmes Popcorn mit. In der anderen Hand trug er ein Bier und für sie grünen Eistee mit Mango, von dem er wusste, dass sie ihn gerne trank. Während er den Film startete, ließ er sich neben Livia auf der Couch nieder und legte die Füße hoch. Livia hatte die Beine untergelegt und nahm ihm ihren Eistee ab. Gut dass er ihr nicht direkt ins Gesicht sah denn in ihren Augen glitzerten schon wieder verräterische Tränen. Sie kannte solche Aufmerksamkeit von einem Mann nicht.

Als der Film zu Ende war seufzte Livia. »Was denn?« fragend sah Mats Livia an. »Jetzt auch noch Tom Cruise? Reicht schon, dass ich mich mit Jesus rumschlagen muss...« Livia lachte: »Eifersüchtig? Weißt du, da gibt es neben Jesus und Tom auch noch Enrique Iglesias...« Sie begann mit den Fingern zu zählen und tat, als überlegte sie nach weiteren Objekten ihrer Begierde. Mats griff nach ihr und zog sie stürmisch zu sich auf den Schoss. »Grrrr. Eifersüchtig? Ich?« Damit vergrub er sein Gesicht an ihrem Hals und küsste sie wild. Es kitzelte und sie wand sich lachend aber er ließ nicht locker. Bis er sie unter sich auf der Couch hatte. Dann küsste er sie zärtlich auf den Mund, auf das Kinn und die empfindsamen Stellen an ihrem Hals. Sie seufzte tief als er ihr den Pullover über den Kopf zog. Er umfasste ihre Brüste und saugte durch den zarten Stoff ihres BHs ihre Brustwarzen. Sie wand sich unter ihm und krallte ihre Finger in seine Oberarme. Sie nahm seinen Kopf in ihre Hände und zog in zu sich herunter. Stürmisch nahm sie von seinem Mund Besitz und sog seine Zunge in ihren Mund. Ihre Wildheit erregte Mats dermaßen und er musste sich bremsen, wenn er nicht schon kommen wollte, ehe er die

Kleider ausgezogen hatte. Auch Livia schien zu glühen als er sich mit den Küssen in ihre unteren Regionen vorarbeitete. Sie bog den Rücken durch als er eine Hand in den Bund ihrer Jogginghose schob. Sie wühlte mit den Händen in seinen Haaren und er ließ es geschehen. Als er ihr die Jogginghose und das Höschen über die Beine schob griff sie zu seinem Sweatshirt und zog es ihm über den Kopf. Sie hielt die Luft an als sie auf seinen perfekt geformten Sixpack blickte und fuhr mit den Händen seine Brustmuskeln nach. Sie folgte mit dem Zeigefinger den dünner werdenden Haaren die vom Bauchnabel ab im Bund seiner Jeans verschwanden. Als er sich wieder zu ihrem Gesicht hinunter beugte umarmte sie ihn fest und drehte sich mit ihm, so dass er unter ihr lag. Sie nahm sein Gesicht in ihre Hände und küsste ihn überall sanft. Er roch heute so intensiv nach einem angenehmen Parfum. Nicht aufdringlich aber seine Männlichkeit unterstreichend. Sie küsste ihn auf die Augen, die Nase, den Mund und zeichnete mit der Zunge eine Spur über seinen Kehlkopf zur Brust. Mit den Fingerkuppen reizte sie seine Brustwarzen, die sich fest und hart anfühlten. Mats stöhnte als sie sich mit den Händen im Bund seiner Jeans vortastete und dabei seine große Erektion drückte. Während sie seinen Bauchnabel küsste öffnete sie die Hose und schob die Hand tiefer in seine Boxershorts. Sanft rieb sie ihn und brachte ihn schier zu Verzweiflung. Er hielt ihre Hand fest und flüsterte: »Süße, langsam sonst geht der Schuss nach hinten los...« Livia kicherte und küsste ihn auf den Mundwinkel. Dann zog sie ihm die Jeans und Boxershorts aus. Mats legte sich neben sie und streichelte wieder ihre Brust. Livia wiederum ließ ihre Hände auf seinem Bauch kreisen und schob immer wieder die Finger in Richtung seiner riesigen Erektion. Er nahm eine Brustwarze in den Mund und saugte heftig daran während er einen Finger in ihre heiße Spalte gleiten ließ. Er begann sie heftig zu reiben und ließ den Finger in sie eindringen und begann ihn in ihr zu bewegen. Livia war bereits am Rande des Abgrunds und wusste nicht wie lange sie sich noch zurückhalten konnte. Mats bemerkte die beginnenden Kontraktionen in ihrer Vagina und begann zusätzlich sie mit dem Daumen zu reizen. »Komm, Schätzchen, lass dich gehen.« Er sah ihr in die vor Erregung ganz schwarzen Augen und spürte, dass sie kurz vor der Erfüllung stand. Daraufhin verstärkte er seine Reibung. »Zeigs mir, los komm.« Und sie kam, ihr ganzes Inneres zog sich zusammen und ein tiefes Stöhnen und das Spiel ihrer inneren Muskulatur zeigte ihm an, dass sie sich in ihrem Universum verlor. Er küsste sie sanft auf die Brust und dann auf den Mund als sie wieder die Augen aufschlug und zu Atem kam. »Und du?« wisperte sie.

»Mach dir um mich keine Sorgen.« Er lächelte, hob sie von der Couch hoch und trug sie in sein Schlafzimmer, das sehr geschmackvoll mit dunklem Holz ausgestattet war. Soweit sie in ihrem Zustand erkennen konnte. Mats legte sie sanft auf dem Bett ab. Ihre Augen öffneten sich nur halb, denn sie befand sich nach wie vor in einem tranceähnlichen Zustand. Er legte sich neben sie und begann erneut sie zu streicheln. Ihr total sensibilisierter Körper reagierte sofort wieder auf ihn und ihre Brustwarzen standen dunkel und aufrecht ab. Sie spürte auch schon wieder dieses Ziehen in ihren Bauchmuskeln und begann an sich zu zweifeln. War sie jemals zuvor richtig geliebt worden oder warum war sie hier in Mats' Nähe wie von Sinnen? Sollte sie sich nicht schämen, sich ihm so völlig ausgehungert hinzugeben? Aber bevor sie diesen Gedanken zu Ende denken konnte, kniete sich Mats zwischen ihre Beine und schob ihre Knie auseinander. Zuerst prüfte er mit den Fingern ob sie bereit für ihn war, dann lachte er leise, zog ein Kondom über sein hoch aufragendes Glied und drang in sie ein. Livia keuchte, als sie ihn spürte. »Oh Gott …« stöhnte Mats und schob sich weiter vor. Dann begann er sich langsam in ihr zu bewegen und Livia passte sich seinen Bewegungen an. Zuerst dachte sie, es würde nicht funktionieren, denn er war wirklich wieder sehr groß aber dann begann sie seine gleichmäßigen Stöße zu genießen und stand abermals vor einer Explosion. Mats zog ihr Becken auf seine Oberschenkel um sich tiefer in sie versenken zu können. Er hielt sie an der Hüfte fest da sie Gefahr lief, mit jedem seiner kraftvollen Stöße davon zu rutschen. Mats konnte sich schon kaum zurückhalten da die Reibung so intensiv war, weil sie so eng gebaut war. Aber als sie jedes Mal wenn er in sie stieß diese tiefen Schluchzer von sich gab, war er dabei den Verstand zu verlieren. Irgendwann stützte er sich auf seinen Oberarmen ab um sie nicht zu zerquetschen während er seinen Rhythmus verlangsamte. Als er spürte, dass sie kurz vor dem erneuten Orgasmus stand zog er das Tempo wieder an und während sich seine Hoden zusammenzogen stieß er mit einem Knurren ein letztes Mal tief in sie und als Livia in völliger Auflösung aufschrie kam er mit ihr zusammen.

Seine Haut war schweißüberzogen als sie ihn fest zu sich herunterzog und noch vollkommen verwirrt von diesem unglaublichen Liebesakt auf die Stirn küsste. Er rollte sich neben sie und zog sie mit sich ohne sie zu verlassen. Sie waren noch mit einander verbunden als er ihr tief in die von Ekstase verklärten Augen sah und versuchte wieder zu Atem zu kommen. Er fühlte sich unglaublich erfüllt und zufrieden. Nein, was er fühlte war Glückseligkeit. Seit langem wieder… Und obwohl er gerade zu Höchstleistung herausgefordert worden war könnte er Bäume ausreißen. Er hielt Livia fest in seinen Armen.

Mats war gerade am wegdämmern als Livia sich bewegte. Ohne sich von ihm zu trennen, drängte sie ihn auf dem Rücken liegenzubleiben und setzte sich auf. Sein bestes Stück war noch immer im Vollbesitz seiner Kräfte und er umfasste ihre Brüste und knetete sie während sie sich auf seiner Brust abstütze. Er stöhnte tief als sie sich langsam auf ihm bewegte. Gott, das fühlte sich so gut an, sie passten so gut zusammen. Sie bewegte sich schneller auf ihm und er führte sie mit den Händen an ihrer Hüfte und dirigierte den Rhythmus. Sie wurde immer schneller und auch er würde sich nicht mehr lange zurückhalten können. In völliger Hingabe bog sie den Kopf nach hinten und gab wieder diese kleinen Seufzer von sich bei denen er jedes Mal nahezu verrückt wurde. Als sie spürte, dass er die Kontrolle verlor, verlangsamte sie ihre Bewegungen. Er kniff die Augen zusammen und atmete schwer. Er fühlte wie sich seine Hoden abermals zusammenzogen und hob Livia an der Hüfte hoch um sie dann tief auf seinen hoch aufgerichteten Schaft zu pressen. Unter größter Anstrengung wiederholte er dieses auf und ab bis Livia in wildem Orgasmus über ihm zusammenfiel und auch er sich nicht mehr zurückhalten konnte. Er streichelte ihren Rücken der schweißüberzogen war. Auch ihm standen die Schweißperlen auf der Stirn aber für nichts auf der Welt hätte er jetzt diesen Moment der Innigkeit unterbrechen wollen. Er nahm diesen Geruch nach ihrem Shampoo wahr indem er sein Gesicht in ihre Haare vergrub. Würde es immer so sein zwischen ihnen? Während er sich diese Frage stellte, fiel ihm ein, dass es wohl kein Immer geben würde, da sie nicht an seiner Seite gesehen werden wollte und sich eine Beziehung nicht auf ewig verheimlichen ließ. Und im Grunde konnte er sich nach dem harten Abgang von Dominique nicht vorstellen, sich in nächster Zukunft wieder binden zu wollen …

Später duschten sie gemeinsam und liebten sich anschließend noch einmal im Bett. Sanft und zärtlich, bevor sie einschliefen.

Am nächsten Morgen erwachte Livia als erstes und bemühte sich, sich zurecht zu finden als sie die Augen öffnete. Sie versuchte dieses irre Gefühl das sich in ihrem Inneren ausgebreitet hatte, zu erklären. Dabei wusste sie es längst: sie hatte sich noch mehr in Mats verliebt. Und nicht erst nach dieser Nacht. Nein, nach dieser Nacht liebte sie ihn von ganzem Herzen.

Das Schlafzimmer war riesig, ein Kleiderschrank aus dunklem Holz erstreckte sich über die ganze Wand. Im Eck stand eine Ledercouch mit vielen Kissen und die Vorhänge an den großen Fenstern waren auf den flauschigen Teppichboden abgestimmt. Neben ihr streckte sich Mats und öffnete ebenfalls die Augen. Sie kuschelte sich in seine Armbeuge und fragte: »Was gibt's denn in dieser Nobelherberge zum Frühstück?«

»Gute Frage. Normalerweise geh ich immer frühstücken. Da gibt es so eine kleine Bar... außerhalb der Stadt. Die machen die leckersten Churros. Muss ich dir bei Gelegenheit mal zeigen.« Livia lächelte und erwiderte: »Das nützt uns jetzt aber nichts. Von der Bar hab ich schon gehört. Die hat gerade Betriebsferien. Sollen wir mal einen Blick in deine Küche werfen?«

»Oh Gott. Ich glaub, da wirst du ganz schön enttäuscht von mir sein, wenn du da einen Blick reinwirfst.« Sie lachte und warf die Bettdecke zurück. Sie hatten sich die ganze Nacht total verausgabt und am Abend zuvor nur Popcorn gegessen. Livia war es gewöhnt ordentlich zu frühstücken. Als sie nackt aus dem Bad zurückkam suchte sie ganz unbefangen nach ihren Kleidern im Wohnzimmer und neben der Couch und zog sich an. Während Mats ins Bad ging öffnete sie den riesigen Kühlschrank. Er hatte nicht gelogen, man könnte enttäuscht sein. Außer ein bisschen Butter, Eier und Tomaten hatte er wirklich nichts zu bieten. In einer Schublade fand sie etwas Toast. Als Mats in Shorts neben ihr auftauchte war sie bereits dabei Rührei mit Tomaten zu wenden. Dazu briet sie in einer anderen Pfanne die Toasts mit Butter an während er zwei Kaffee aus der Maschine zubereitete. Während sie zusammen frühstückten, als würden sie das jeden Tag so machen, unterhielten sie sich über alltägliches. Mats wollte von ihr wissen, warum sie seinerzeit die Bar übernommen hatte, denn beim letzten Gespräch diesbezüglich ging es nur um das wie. Eigentlich wollte sie über ihre Beziehung zu Florian niemals mit jemandem sprechen aber nun kamen ihr die Worte ganz leicht über die Lippen. Auch Mats erzählte ihr wie schwer es ihm gefallen war, sich vom Profifußball verabschieden zu müssen. In seinem Alter. Er wiederum ließ den Part aus, in dem ihm Dominique zur Seite gestanden war als es ihm wirklich schlecht ging. Während sie so an seiner Küchentheke zusammen saßen und die fast leeren Teller mit den Toast saubermachten machte sich in Mats ein Gefühl breit, dass ihm Angst machte. Er fühlte sich wohl wie seit langen nicht mehr. Er würde fast sagen, er war glücklich. Aber er wollte sich nicht an dieses Gefühl gewöhnen. Livia weigerte sich, mit ihm in der Öffentlichkeit gesehen zu werden und er wollte weder eine feste Beziehung noch ein Versteckspiel. Somit hatten sie eine schöne Zeit zusammen aber keine Zukunft.

Livia räumte das schmutzige Geschirr in die Spülmaschine und wischte die Krümel vom Tisch. Mats beobachtete wie sie sich in seiner Küche bewegte, als wäre sie hier zu Hause. Sein Bauch und sein Herz signalisierten ihm, dass er sie gerne immer bei sich hätte, sein Verstand schwieg. Als sie die Pfanne spülte nahm er sie ihr ab und räumte sie weg. Er trat hinter sie und umschlang sie. Während er sich an sie schmiegte, spürte sie seine harte Männlichkeit an ihrem Po. Sie drehte ihm den Kopf zu und grinste. »Schon wieder bereit? Das gibt's nicht …« Mats zog sie noch näher an sich heran und flüsterte in ihr Ohr: »Das liegt an dir. Ich kann gar nichts dagegen machen.« Dabei schob er eine Hand unter ihr Sweatshirt und liebkoste ihre Brustwarze indem er sie zwischen zwei Fingern rieb. Livia lehnte sich an ihn und seufzte als Mats auch noch an ihrem Hals zu saugen begann. In ihrem Bauch und tiefer breitete sich eine unglaubliche Hitze aus. Sie hatten fast die ganze Nacht Sex gehabt und kaum geschlafen aber die Müdigkeit war wie weg geblasen. Mats schob ihr Shirt höher und wollte sie gerade zu sich umdrehen als sie die Aufzugstüren hörten, die sich zischend öffneten. Mats fuhr herum und lief aus der Küche. Die Aufzugstüren öffneten sich direkt in der Wohnung nur dann, wenn jemand den Code kannte und im Moment fiel ihm dazu überhaupt niemand ein. Im Flur erstarrte er: Vor ihm stand Dominique.

Livia war Mats aus der Küche gefolgt nachdem sie ihre Kleidung wieder in Ordnung gebracht hatte. Im Türrahmen blieb sie abrupt stehen. Im Flur stand wie aus einem Modemagazin gestylt Dominique. Perfekt angezogen in einem weißen Hosenanzug, darunter ein blaues Top mit goldenen Streifen. Perfekt gestylte Haare und perfekt sitzendes Make-up. Strahlend lief sie auf den sprachlosen Mats zu und küsste ihn stürmisch auf den Mund. Atemlos löste sie sich von ihm und sagte: »Schatzi, ich hab dich sooo vermisst.« Mit einem Seitenblick auf Livia flüsterte sie dem sprachlosen Mats ins Ohr: »Wann geht deine Putzfrau?« Dann hakte sie sich bei ihm unter und schob ihn ins Wohnzimmer. Mats ließ es völlig willenlos mit sich geschehen und drehte sich auch nicht zu Livia um, als Dominique die Tür hinter ihnen schloss.

Livia stand mit offenem Mund im Türrahmen der Küche und fühlte sich wie nach einem Zusammenprall mit einer Dampfwalze. Zum einen hatte sie der Anblick dieser rundum perfekten Frau komplett aus dem Konzept gebracht. Wie hatte sie je auf den Gedanken kommen können, dass sich Mats in sie verlieben könnte, wo sie nicht mal annähernd Ähnlichkeit mit dieser Superfrau hatte. Was sie aber tief verletzte war wie Mats sie einfach stehen ließ, so tat, als wäre sie Luft. Als hätten sie nicht gerade eine unglaubliche Nacht zusammen verbracht. Wie in Trance nahm Livia ihren Parka vom Kleiderbügel an der Garderobe, schlüpfte in ihre Stiefel und verließ die Wohnung mit dem Aufzug, dessen Türen noch offen standen.

Mats stand immer noch regungslos mitten im Wohnzimmer während Dominique ihre Jacke auszog, sie achtlos über einen Sessel warf und sich auf der Couch zurücklehnte. »Hab ich dich arg überfallen?« säuselte sie ihm unter halb geschlossenen Lidern zu.

»Überfall ist wohl genau das richtige Wort.« brummte

Mats. »Ich hätte wohl mit allem gerechnet, aber dass du hier reinmarschierst so wie du dich verabschiedet hast, alle Achtung. Mit Pauken und Trompeten oder gar nicht, oder?« Mats war sauer, das merkte sie sofort und drehte weiter an der Wimper-Klimper-Schraube: »Ach, Schatzi. Ich hab einen Fehler gemacht. Und ich musste bis ans Ende der Welt fliegen um das rauszufinden. Das war wirklich nicht einfach. Machst du keine Fehler?« Sie räkelte sich auf der Couch um ihn ein bisschen anzutörnen. Bisher war ihr das immer gelungen. Und sie war auch der Meinung dass es ihr Verdienst war, dass sich seine Boxershorts so ausbeulten. »Was ist passiert? Ist der Herr Regisseur nicht auf dich angesprungen oder hat er dich schon satt?« Mats gab sich gekränkt. Vor sich sah er wieder die Tage und Wochen nach ihrem Abgang, in denen er seine ganze Wut und Fassungslosigkeit an der Mannschaft und seinem Umfeld ausgelassen hatte. Apropos Umfeld. Plötzlich fiel ihm Livia wieder ein und er sprang zur Tür. Aber er fand sie nicht in der Küche und nicht im Schlafzimmer. Ehrlich gesagt, wäre er auch überrascht, wenn sie noch da gewesen wäre. Er hatte sie einfach stehen lassen …

Andererseits … Dominique, seine Nicki war wieder da. Acht Jahre waren nicht von der Hand zu weisen. Sie waren immer ein gutes Team gewesen. Man kannte sich in- und auswendig mit allen Ecken und Kanten. Die Frage war nur, konnte er ihr verzeihen beziehungsweise wollte er vergessen, dass und wie sie ihn abserviert hatte.

Livia lief stadtauswärts nach Hause. Eigentlich wollte sie die U-Bahn nehmen, aber die kam erst in knapp einer halben Stunde und Livia wollte so schnell wie möglich weg. Ihr erster Gedanke war, Kelly anzurufen und sich vielleicht von ihr nach Hause bringen zu lassen. Aber im Grunde wollte sie im Moment mit gar niemanden darüber sprechen, was ihr gerade widerfahren war. Sie hatte sich so unglaublich wohl und geliebt gefühlt, als sie mit Mats zusammen war. Im Leben hatte sie nicht damit gerechnet dass er noch Kontakt zu Dominique hatte. Vor allem hatte es den Anschein gehabt, als wären die beiden nie wirklich getrennt gewesen. Wieder einmal war sie die Gelackmeierte. Es kam ihr vor, als wiederhole sich die Geschichte mit Florian und Margit. Und das ließ sie Moment noch nicht einmal weinen, so geschockt war sie.

Nach knapp zwei Stunden Fußmarsch zu Hause angekommen, ging Livia direkt unter die heiße Dusche. Sie versuchte jeglichen Geruch, der sie an Mats erinnern könnte, abzuwaschen. Erst als sie sich sicher war, auch ihre Seele reingewaschen zu haben, drehte sie das Wasser ab und schlüpfte in ihren Bademantel. Mit einer Tasse Tee sank sie dann auf ihre Couch und endlich ließ sie ihren Tränen freien Lauf.

Irgendwann musste sie eingeschlafen sein, denn sie schlug in den frühen Morgenstunden auf dem Sofa, nur mit dem Bademantel bekleidet, die Augen auf. Im ersten Moment wusste sie gar nicht warum. Bis ihr der gestrige Tag wieder einfiel. Wie ganz anders war sie doch am vergangenen Morgen aufgewacht. Sie konnte gar nicht glauben, dass das alles erst vierundzwanzig Stunden her gewesen sein soll. Heute in einer Woche war Weihnachten und sie war das heulende Elend. Mats musste sich schlapplachen über ihre Naivität. Sie hoffte nur, dass wirklich niemand in der Öffentlichkeit Notiz von dieser Verbindung bekommen hatte und vor allem, dass Mats sich nicht damit brüstete, sie so einfach ins Bett bekommen zu haben.

Mats lag wach und hatte eine relativ schlaflose Nacht hinter sich. Er lauschte den gleichmäßigen Atemzügen von Dominique. Sie hatten vor dem Einschlafen Sex gehabt und es war wie immer gewesen. Er wusste was ihr gefiel und sie ließ ihn machen ohne sich selbst groß zu beteiligen. Er wunderte sich allerdings, dass er dazu in der Lage gewesen war. Zumal er emotional nicht bei der Sache war. Überhaupt nicht. Als er nach dem Höhepunkt neben ihr auf sein Kopfkissen sank roch er noch schwach den Duft von Livia. Sie hatte frisch und natürlich gerochen, nach Salz und Meer mit einem Hauch Orange. Irritiert verglich er in Gedanken die beiden Frauen miteinander und fühlte sich mehr als unwohl in seiner Haut. Als er gestern nach dem Gespräch mit Dominique aus dem Wohnzimmer gestürmt war, wollte diese von ihm wissen, ob er die »Putzfrau« schon bezahlt hätte und warum sie so schnell verschwunden sei. Mats schämte sich dafür, Dominique in dem Glauben zu lassen, Livia wäre zum Putzen hier gewesen. Und er schämte sich auch dafür, dass er Livia nach dieser unglaublichen Nacht einfach gehen ließ, ohne ein Wort der Erklärung. Irgendwie hielt er sich an dem Gedanken fest, dass die Fortsetzung seiner Beziehung mit Dominique der bessere Weg sei als der Beginn einer komplizierten Verbindung mit Livia. Vielleicht auch einfach nur der bequemere ...

Nach einem kleinen Frühstück, das nur aus einer Tasse Kaffee und einem halben Käsebrot bestand, beschloss Livia ein wenig am Strand entlang zu laufen. Das Wetter war trocken und windig, aber die Sonne schien. Und die Anstrengung des gestrigen Fußmarsches aus der Stadt hatte ihr gut getan darum wollte sie das heute wiederholen. Vielleicht half es ihr, ihre Gedanken zu sortieren und über das Geschehene hinweg zu kommen.

Das Meer war tief dunkelblau und leichte Wellen schlugen sanft plätschernd ans Ufer. Der Wind jedoch blies hier draußen heftiger als zwischen den Häusern. Livia zog ihren Schal ein wenig höher ins Gesicht und über die Ohren. Außer ihr war weit und breit keine Menschenseele zu sehen und auch Carlos Strandbar wirkte einsam und verlassen. So wie sie ...

******

Kelly schlug verschlafen die Augen auf. Es war schon nach neun Uhr, Alvarez schlief noch und von ihren Kindern war auch nichts zu hören. Sanft rüttelte sie ihren Mann an der Schulter um sich dann über ihn zu beugen und ihn zu küssen: »Schatz? Schau mal wie spät.

Hast du kein Training?« Alvarez kam erst langsam zu sich, dann packte er seine Frau an den Oberarmen und zog sie auf sich: »Der Coach hat gesagt, statt Vormittag-Training sollen wir konditionell an uns arbeiten. Wer kann, mit seiner Frau!!« Kelly lachte verführerisch und reizte ihn mit einigen erotischen Bewegungen an seiner Leiste. »Ach, und mit wem trainiert *er* denn?« Alvarez verschloss ihren Mund mit einem Kuss und dann wurde nicht mehr gesprochen.

Als Livia an Carlos Strandbar vorbeiging, bemerkte sie einen größeren Hund mit braunem Fell an der windgeschützten Seite der Bretterwand liegen. Er schien zu schlafen, spitzte aber die Ohren als sie stehenblieb. Sie sah sich in beide Richtungen um, konnte aber nirgendwo einen Besitzer des Hundes ausmachen. ›Na ja, vielleicht ist er aus den umliegenden Häusern ausgebüxt. Dann wird er auch wieder gefunden.‹ dachte Livia und ging weiter. Als sie sich noch einmal umdrehte, bemerkte sie wie der Hund ihr nachsah. Während sie weiterging und sich abermals umdrehte, war der Hund aufgestanden um sie länger sehen zu können.

Kelly ließ sich glückselig zurück in ihr Kissen fallen, Alvarez keuchte schwer neben ihr. »Mein Lieber, du schnaufst wie eine Dampflok. Du musst was für deine Kondition tun!«

»Gib mir eine Minute und dann beschwer dich nochmal!« knurrte Alvarez. Sie lachte: »Aber jetzt mal im Ernst. Hat Mats irgendwas am Laufen? Weißt du was?«

Sie wollte herausfinden, ob die Beziehung zwischen Mats und Livia mittlerweile offiziell geworden war. »Warum interessiert dich das so?« wunderte sich Alvarez. »Weil ich dachte, dass da was mit Livia gehen könnte. Ich glaube, sie ist nicht abgeneigt.« Alvarez zog die Augenbrauen zusammen: »Kuppelst du?« Kelly riss die Augen auf und tat empört: »Ich? Nie im Leben!«

Als Livia umdrehte um den Weg zurückzugehen, sah sie bereits von weitem, dass der Hund immer noch an der Hütte lag und den Kopf auf die Pfoten gelegt hatte. Sie war jedoch so mit ihren eigenen Problemen beschäftigt, dass sie nur am Rande Notiz von ihm nahm. Ihre Gedanken kreisten um die nächsten Tage. Sie konnte und wollte mit niemandem sprechen, der sie vielleicht trösten hätte können. Alle steckten bis zum Hals in Weihnachtsvorbereitungen und Vorfreude auf dieses Familienfest. Nachdem sie selbst allen erzählt hatte, dass sie nach Hause zu ›ihrer Familie‹ fahren würde, wollte sie jetzt nicht ihr Lügengebilde aufdecken. Aus den Augenwinkeln sah sie, dass der Hund zu ihr aufblickte als sie vorbeiging aber ihr war kalt und sie wollte nach Hause.

Während ihr Teewasser heiß wurde sah sie ihr Mobiltelefon blinken als Zeichen eingegangener Nachrichten. Unter anderem hatte Oxana ihr eine warmherzige Weihnachtsbotschaft auf die Voicemail gesprochen, untermalt von einem persönlich gesungenen Weihnachtslied. Dann hatte sie das ganze noch mit einer Whats-App Nachricht mit Rentiermotiv abgeschlossen. Weiterhin waren da drei entgangene Anrufe. Lucia hatte sich gemeldet und Livia eingeladen, das letzte Mal in diesem Jahr mit der Flamenco-Tanzgruppe mitzutrainieren. Danach wollten sie alle noch zusammensitzen und ein bisschen feiern. Ein anderer Anruf war von Mats. Er hatte keine Nachricht hinterlassen. Was hätte er auch draufsprechen sollen: ›Bis zum nächsten Mal?‹ dachte sie verbittert. Nachdem er also nicht um einen Rückruf gebeten hatte, löschte sie den Anruf, beantwortete die anderen Nachrichten wobei sie sich besonders viel Mühe gab, die Grußbotschaft von Oxana zu toppen und setzte sich dann mit ihrem Tee und einem Buch auf ihr Sofa.

Ihre Nacht verbrachte sie dieses Mal nicht auf der Couch aber sie fand trotzdem kaum Schlaf. Nicht allein deshalb weil der Wind stärker geworden war und in den frühen Stunden massiv an ihren Fensterläden rüttelte. Wenn ihre Gedanken nicht gerade um ihre Liebesnacht mit Mats kreisten, dachte sie an den Hund am Meer, und ob er wohl vor Einbruch der Dunkelheit in sein Zuhause zurück gekehrt war.

Mats lag ebenfalls wach in dieser Nacht. Er hatte am Abend zu viel gegessen und vor allem zu viel getrunken. Er war mit Dominique in einem vornehmen italienischen Restaurant gewesen wo sie die Unterhaltung überwiegend allein bestritten hatte indem sie ihm von all ihren Erlebnissen der vergangenen Wochen erzählt hatte. Er war bereits verstimmt gewesen, als sie die Wohnung verließen, denn Dominique musste sich noch zweimal umziehen, einmal Haarspray nachsprühen und dann noch einmal einen Fingernagel neu lackieren, so dass sie erst fünfundvierzig Minuten zu spät loskamen. Er ertappte sich dabei, wie er sich die Frage stellte, ob Livia genauso lange gebraucht hätte.

Während des Essens schob Dominique dann die Salatblätter auf ihrem Teller von links nach rechts und wieder zurück ohne wirklich etwas davon zu essen. Nebenbei nippte sie an ihrem Wasser ohne Kohlensäure. Als der Kellner den Tisch abräumte war fast nach genauso viel Flüssigkeit im Glas wie bei der Bestellung, dafür rundherum lauter Lippenstiftabdrücke. Mats schenkte ihr zwar seine volle Aufmerksamkeit, merkte aber irgendwann dass ihn das Gespräch langweilte und er den Abend nur mit entsprechend viel Alkohol überstehen würde wenn er keinen Streit bezüglich ihrer Essgewohnheiten vom Zaun brechen wollte.

In der Nacht hatten sie wieder Sex miteinander von dem Mats am nächsten Morgen nur noch wusste dass Sex ihm am Tag danach ein besseres Gefühl hinterlassen sollte. Er konnte sich nur noch vage daran erinnern, dass sie ihm zweimal gesagt hatte, ›nicht so‹ und dann ›so auch nicht‹ und dass er beim Einschlafen an Livia gedacht hatte und im Glauben, immer noch ihren Geruch auf seinem Kopfkissen wahrzunehmen, eingeschlafen war.

******

Nach dem Frühstück beschloss Livia am Nachmittag Lucias Angebot anzunehmen und mit den anderen aus der Tanzgruppe ein bisschen Flamenco zu tanzen. Vielleicht half ihr ein wenig körperliche Betätigung. Deshalb zog sie sich jetzt auch warm an und ging wieder am Strand spazieren. Heute hatte der Wind zugelegt und die Temperatur war deutlich gesunken.

Schon von weitem sah sie den Hund windgeschützt an der Wand der Strandbar liegen. »Das gibt es doch nicht!« dachte Livia. Jetzt war es wirklich viel zu kalt, um hier im Sand zu liegen. Weit und breit war niemand zu sehen, dem der Hund zu gehören schien. Als sie näher ging, richtete sich das Tier auf und wich zurück. Da konnte Livia sehen, dass es sehr abgemagert war. Trotzdem hatte der Hund ein wunderschönes dunkelbraun gelocktes Fell mit kleinen hellen Punkten. »Kleiner, du siehst aus wie ein Bambi. Warum bist du hier so allein in der Kälte?« Der Hund blieb stehen und ließ sich von ihr den Kopf streicheln. Als sie über seinen Rücken strich, spürte sie am Bauch die Rippen hervorstehen. Außerdem fühlte sich der ganze Hund eiskalt an. »Du kommst jetzt erst mal mit mir!« beschloss sie und löste die Kordel ihrer dicken Strickjacke um sie dem Tier um den Hals zu binden. Widerstandslos trabte der Hund neben ihr her.

Mats saß am Schreibtisch über seinen Unterlagen und überflog die letzten medizinischen Auswertungen seiner Spieler. Durch die offene Bürotür sah er Dominique am Esstisch sitzen und ihre Nägel feilen. Während er auf seine Papiere starrte versuchte er sich an die letzte Nacht zu erinnern. Er hatte mit Dominique geschlafen, das wusste er noch, aber er konnte sich an keine Einzelheiten erinnern. Hatte sie einen Orgasmus gehabt, war er gekommen? Er wusste nur, dass sie versucht hatte, ihn zu dirigieren. Als ob er dabei Hilfe bräuchte! Dumpf hatte er eine Eingebung, dass er sie hinter dem Ohr geküsst hatte und danach einen unangenehmen Geschmack nach Parfüm im Mund hatte. Überhaupt hatte sie eine unglaubliche Duftwolke umgeben. Er hatte nichts gegen Frauen, die gut rochen, aber irgendwie war ihm der Sinn nach teuren Düften abhanden gekommen. Er vermisste seit der ersten Nacht mit Livia dieses Aroma nach Sonne, Orange und Natürlichkeit.

Livia nahm den Hund mit in ihre Wohnung. Ohne ihn ziehen zu müssen oder eine Abwehrreaktion feststellen zu können, lief er neben ihr die Treppe hoch. Drinnen gab sie ihn frei indem sie die provisorische Leine abnahm und stellte dem Hund eine Schüssel lauwarmes Wasser hin. »Ich weiß, du hast Hunger. Ich mach' dir gleich etwas.« Dabei kramte sie in ihrer Tiefkühltruhe nach einem Päckchen Fleisch. Der Hund trank zaghaft das warme Wasser und blieb dann neben der Schüssel an die Wand angelehnt im Flur sitzen. Immer wieder sah er sich nach hinten um als wolle er sich eine Fluchtoption offen halten. Livia kochte und werkelte in der Küche und tat als wäre er gar nicht da, damit er sich sicher fühlen konnte. Als sie ihm etwas gekochtes Rindfleisch mit Gemüse hinstellte, war es mit der Zurückhaltung des Hundes vorbei. Gierig fraß er die Schüssel leer und leckte die Gemüsereste aus den Ecken. Livia verhielt sich still damit er sich nicht erschreckte und in Ruhe zu Ende essen konnte. Es war ein hübscher Hund. Das braune Fell war dicht und leicht gewellt und vom Hals bis zum Schwanz hatte er immer wieder kleine weiße Punkte. »Du siehst wirklich aus wie ein Bambi,« flüsterte sie ihm zu während der Hund abwartend dastand ob es vielleicht einen Nachschlag gäbe. »Du kriegst später noch einmal etwas. Nicht dass du dir jetzt den Magen verdirbst mit zu viel auf einmal.« Sanft strich sie ihm über den weichen Kopf.

»Schatz, wollen wir einkaufen gehen?« Dominique war fertig mit ihrer Maniküre und wedelte mit den Händen in der Luft. Mats sah von seinem Laptop auf. »Was brauchen wir?«

»Ich brauch was zum Anziehen für die Weihnachtsgala am Freitag. Ich hab nicht so viel Sachen mitgebracht.« Mats schüttelte sich. In der Vorweihnachtswoche mit einer Frau Klamotten kaufen gehen war genau das was er jetzt nicht brauchte. Und er kannte das Kaufverhalten von Dominique. Erst nahm sie sämtliche Kleidungsstücke einmal in die Hand, dann probierte sie ein Drittel davon an um daraufhin in den nächsten Laden zu wechseln. Letztendlich kaufte sie dann doch ein Teil aus dem ersten Geschäft, war sich aber dann zu Hause nicht mehr sicher, ob diese Entscheidung richtig war. Er kannte das zur Genüge und war oft dabei gewesen wenn es darum ging das ausgewählte Teil wieder umzutauschen. Er fragte sich, ob Livia nach dem gleichen Prinzip vorging. Er erwischte sich dabei, dass dies nicht das erste

Mal heute war dass er an Livia dachte. Er musste unbedingt mit ihr sprechen. Auch wenn er es nicht wahrhaben wollte, er fühlte sich unglaublich zu ihr hingezogen. Immer wieder hatte er sie auf dem Handy angerufen in der Hoffnung, sie würde irgendwann abnehmen. Doch im Grunde war es ihm klar gewesen, dass sie nicht zurückrief. Er wusste selbst nicht, wie er reagieren würde, wenn man ihn so tief verletzen würde. »Also gut, gehen wir zum Einkaufen,« erklärte er sich etwas mürrisch einverstanden.

Livia bewegte sich so ruhig wie möglich in ihrer Wohnung um den Hund nicht durch hektisches Treiben zu beunruhigen. Eigentlich war er todmüde, das sah sie ihm an, aber er wollte nicht die Augen schließen vor lauter Angst, dass etwas Unvorhersehbares passierte und ihm keine Fluchtmöglichkeit blieb. Sie hatte lange überlegt, ob sie ihn allein lassen könne, denn sie wollte unbedingt zu Lucia in das Tanzstudio. Als sie letztendlich ging rührte sich der Hund nicht von der Stelle, was sie als gutes Zeichen wertete. Vielleicht konnte er ein wenig entspannen, wenn er allein war. »Tschüss, kleines Bambi. Ich bin bald wieder da.« Sie nahm die Platte mit Tapas, die sie für die kleine Weihnachtsfeier nach dem Training vorbereitet hatte und als sie die Türe hinter sich zugezogen hatte, wartete sie kurz, ob der Hund zu bellen anfing aber nichts rührte sich.

******

Im Tanzstudio waren schon einige der Mädchen und die männlichen Tänzer dabei sich aufzuwärmen. Livia wusste, dass Lucia mit ihrer Truppe noch einen Auftritt bei einer Weihnachtsveranstaltung hatte und hielt sich im Hintergrund um die Proben nicht zu stören. Lucia selbst war am Telefon und hielt sich die Stirn mit der Hand. Bedauernd zog sie immer wieder die Schultern hoch und blickte dabei zu Miguel, einem der Tänzer. Livia kannte und mochte Miguel. Er war ein ausgesprochen attraktiver Mann, der sehr auf sein Äußeres achtete aber dies in keiner Weise in den Vordergrund stellte sondern immer lustig und gut gelaunt schien. Sie war schon ein paar Mal mit der Gruppe bei Auftritten oder auch nur beim Essen gewesen und sie hatte die Abende mit ihm immer in guter Erinnerung. Miquel war schwul und lebte bereits seit längerer Zeit in einer glücklichen Partnerschaft. Das war vielleicht der Grund warum er so ausgeglichen und fröhlich war.

»Also, alle mal her hören!« Lucia klatschte in die Hände und rief ihr Ensemble zusammen. »Silla hat sich den Knöchel verstaucht. Sie wird am Freitag nicht mitmachen können. Damit fällt das Paar Miguel und Silla aus und wir müssen die Choreographie ein wenig auseinanderziehen.« Allgemeines gemurmeltes Bedauern war zu vernehmen, insbesondere von Miguel: »Kann niemand einspringen? Wenn haben wir denn noch als Ersatz?« Tamara, eine der Tänzerinnen überlegte. In Lucias Inszenierungen tanzten überwiegend Paare zusammen. Aber Miguel war schon aufgrund seines Aussehens eine

Attraktion, doch auch sein getanztes Solo riss die Zuschauer immer wieder mit. Dann sah Miguel Livia an der Seite stehen und begann zu strahlen: »Mi corazon! Livvie. Sie kann doch tanzen.« Lucia drehte sich um und sah Livia: »Natürlich! Dich schickt der Himmel, oder?« Livia sah sich erschrocken einer begeisterten Schar professioneller Flamencotänzer gegenüber und rief: »Seid ihr irre? Das kann ich nicht, ich schmeiß euch den ganzen Auftritt!« Lucia lachte und sagte: »Nie im Leben. Du tanzt so toll. Komm lass uns ein paar Choreos proben. Sei kein Frosch!« Und es gibt 500 Euro pro Nase für den Abend.«

»Und eine warme Mahlzeit,« zwinkerte Miguel ihr zu. »Komm, schlag ein. Sonst muss ich glauben, du kannst mich nicht leiden.« Er zog eine Schnute. Livia lachte. Das erste Mal seit gestern Morgen...

Als sie mit den Proben fertig waren, war auch Livia fix und fertig aber sie strahlte. Auch Lucia war mehr als zufrieden. Miguel war ein unglaublicher Tänzer. Er führte und dirigierte seine Partnerin ohne dass man es merkte und es hatte den Anschein, als würden sie seit Jahren miteinander tanzen. Die Sicherheit, die sie in seiner Gegenwart spürte, erleichterte Livia die Entscheidung, Lucia auszuhelfen. Und auch das Geld konnte sie im Moment gut gebrauchen. Damit würde sie für Bambi und sich ein schönes Weihnachtsessen bereiten.

»Also, wir treffen uns am Freitag um sechs Uhr abends hier und fahren dann mit dem Kleinbus rüber. Wir schminken uns hier und ziehen uns dort um. Jeder nimmt seine Garderobe jetzt mit und überprüft ob alles in Ordnung ist. Aber nicht vergessen, am Freitag wieder mitbringen. Und jetzt machen wir den Sekt auf!« Lucia erklärte das Training offiziell als beendet und alle klatschten in die Hände.

******

Dominique trat aus der Kabine und Mats blieb der Mund offen. Sie trug ein schwarzes Nichts am Körper das mehr preisgab als es verhüllte. »Nicki, das ist eine Weihnachtsfeier und kein Veranstaltung zum an der Stange tanzen« seufzte er. Dominique riss die Augen auf. So hatte sich Mats noch nie verhalten. Schon seit sie unterwegs waren, sank seine Stimmung von Laden zu Laden immer tiefer. Und entweder hatte er gar keine Meinung zu den Kleidern die sie anprobierte oder er fand sie zu ordinär. Ohne Worte ging sie zurück in die Kabine und zog wütend den Vorhang zu. Als sie sich umgezogen hatte schritt sie erhobenen Hauptes an ihm vorbei und sagte: »Ich nehme den Hosenanzug aus dem ersten Laden. Der war zwar stinklangweilig aber dann passt er wenigstens zu deiner Laune!« Mats verdrehte die Augen und ging ihr nach.

Während Livia ihr schwarzgelbes Flamenco-Kleid, dass Lucia einmal auf ihre Maße abgeändert hatte, in einen Kleidersack eingepackt über dem Arm nach Hause trug, war sie gespannt, wie sich ihr vierbeiniger Gast wohl benommen hatte, während er allein gewesen war. Als sie die Türe öffnete, sah sie ihn in der Nähe des Ofens liegen. Müde schlug er die Augen auf und sah zu ihr herüber. Er schien keine Gefahr zu wittern, denn er legte wieder den Kopf auf die Vorderfüße. »Hab keine Angst, Bambi. Hier passiert dir nichts. Schlaf ruhig weiter.« Sie trug das Kleid ins Schlafzimmer und versuchte dabei nicht allzu sehr mit dem Papiersack zu rascheln. Dann zog sie sich ohne den Hund groß zu beachten aus und ging unter die Dusche. Als sie das Wasser abstellte, hörte sie ihr Handy klingeln. Sie wickelte sich in ein Handtuch, tapste mit nassen Füßen zum Garderobeschränkchen und langte nach dem Telefon. Dieses Mal hatte Mats ihr eine Nachricht hinterlassen. Er müsse sie dringend sprechen, bat er sie. Und was sie schier um den Verstand brachte, waren die geflüsterten Worte ›bitte Liv‹. Mit zitternden Fingern löschte sie die Nachricht.

Später als sie sich wieder gefangen hatte, bereitete sie in der Küche ein Abendessen für sich und den Hund zu. Während sie am Küchentisch aß beobachtete sie ihren Logiergast der zum wiederholten Mal die Schüssel komplett leer fraß und sich wieder vor den Ofen legte. Er schien sehr der Kälte ausgesetzt gewesen zu sein, dass er so die Wärme suchte, dachte sie bei sich. Und dann fiel ihr auf, dass sie in den Nachmittag über – bis ihr Handy geklingelt hatte – nicht einmal an Mats gedacht hatte.

Dominique knallte die Einkaufstüte auf den Esstisch und verschwand im Bad. Sie war sichtlich wütend und es gab Zeiten, da hatte Mats alles daran gesetzt, den häuslichen Frieden wieder herzustellen. Als er aber neben der Tüte auf dem Tisch noch die liegen gebliebenen Spuren ihrer Nagelpflege entdeckte, sah er beinahe rot. Um aber einen für ihn ganz und gar untypischen Wutausbruch zu verhindern, ging er ins Schlafzimmer um sich umzuziehen. In Laufklamotten verließ er kurze Zeit später die Wohnung. Er war kein Läufer der mit Ohrstöpseln und Musik laufen konnte aber in diesem Moment wünschte er sich harten Beat, den er im ganzen Körper spüren würde und der ihm alle anderen Gedanken aus dem Kopf trieb.

Wie ein Gejagter lief er los und rannte bis er ziemlich außer Puste vor Livias Bar stand. Er sah schwer atmend zu ihrer Wohnung hoch, in der alles dunkel schien. Zögernd lief er auf die andere Straßenseite um aus der Ferne in die Fenster blicken zu können, aber kein Lichtschein ließ vermuten, dass sie zu Hause war. Während er auf das Haus starrte wurde ihm bewusst, dass er gar keine Ahnung hatte, was er ihr sagen wollte, wenn er ihr gegenüber stand. Er konnte ihr wohl schlecht sagen, dass sie ihm mehr bedeutete, als er zugeben wollte und dann zurück nach Hause gehen. Zu Dominique mit ihren Designerklamotten, ihren Extensions und ihren Stiletto-Fingernägeln. Er ertappte sich bei dem Gedanken, dass er so viele Jahre mit Nicki zusammen gewesen war, bis sie von jetzt auf nachher ausbrach um eine eigene Karriere zu starten. Sie waren glücklich, sie hatten Spaß, sie hatten viel gemeinsam erlebt. Er war stets der Meinung gewesen, nichts und niemand würde sie jemals auseinanderbringen. Aber warum fielen ihm auf einmal nur ihre negativen Seiten auf? Hatte sie in all der Zeit die sie zusammen waren je Frühstück für ihn gemacht? Aus ganz einfachen Zutaten? Hatte sie ihn je nach seinen Zukunftsplänen gefragt und dann auch zugehört als er geantwortet hatte? Warum stellte er plötzlich alles in Frage was in der Vergangenheit gut war? War er selbst das Problem, dass die Fortsetzung ihrer Beziehung gefährdete?

Dunkel konnte Mats sich erinnern, dass Livia zu Kelly gesagt hatte, sie würde Weihnachten in Deutschland verbringen. Vielleicht war sie schon früher geflogen. In Gedanken drehte er um und lief in Richtung Innenstadt zurück.

Livia kam gerade von einer kleinen Abendrunde mit ihrem neuen Bewohner zurück als sie einen Jogger die Straße hinunterlaufen sah. Ihr Herz setzte einen Moment lang aus, denn der hochaufgewachsenen Figur nach konnte es Mats sein. Aber ihre Augen spielten ihr wohl einen Streich. Hier war mehr der Wunsch Vater des Gedankens.
Während sie mit dem Hund eine Runde gegangen war, hatte sie festgestellt, dass ihr ›Bambi‹ wohl eine Bambina war. Hoffentlich bekam sie keinen Nachwuchs, dachte Livia sorgenvoll. Damit wäre sie nun doch überfordert.

Wieder zu Hause angekommen ging Mats direkt unter die Dusche. Dominique war zu seiner Überraschung nicht da. Während er sich die Haare trocken rubbelte, sah er auf der Anrichte in der Küche sein Handy infolge eines entgangenen Anrufs blinken. Sein Herzschlag beschleunigte sich und er öffnete die Nachricht. Enttäuscht las er die Nummer von seinem Kapitän und rief zurück. Alvarez wollte sich mit ihm auf ein Bier treffen wenn er nichts anderes vorhätte. ›Warum nicht?‹ dachte Mats und sie verabredeten sich auf halb neun. Vielleicht wäre Dominique bis dahin wieder da und er konnte die schlechte Stimmung wieder ins Reine bringen.

Als er die kleine Tapas-Bar in der Fußgängerzone betrat, saß Alvarez bereits an der Theke. »Warum musst du heute Abend aus dem Haus?« fragte er seinen Spieler. Er betrachtete es als ungewöhnlich, dass ein Ehemann und Vater von zwei kleinen Kindern, der fußballbedingt viel Zeit weg von zu Hause verbrachte, an einem trainingsfreien Tag kurz vor Weihnachten ›Freigang‹ hatte. »Kelly und ihre Freundin wollen einen Kurzurlaub planen und wissen noch nicht wo und wann und mit wem. Da hat es geheißen, ich störe. Aber die Kreditkarte musste ich dalassen.« seufzte Alvarez. Mats lachte. »Ja. Lach du nur. Warte nur ab was dabei rauskommt. Du sollst dann auch mit.« Mats winkte ab: »Da muss ich erst mit Dominique reden. Wer weiß ob ihr das passt...« »Also, das hört sich ja mega harmonisch an.« Alvarez zog die Augenbrauen hoch. Mats zuckte nur mit den Schultern und bestellte sich ein Bier und einen Tapas-Teller. Er wollte nicht darüber sprechen, auch nicht mit Alvarez, seinem langjährigen Kumpel. Sie unterhielten sich dann über dies und das, vor allem über die bevorstehende Rückrunde und die Wechselgerüchte. Aber sowie Alvarez Mats in die Richtung seines Privatlebens zu lenken versuchte, wich dieser aus.

Mats ließ es nicht zu spät werden, da am nächsten Tag wieder zwei Trainingseinheiten anstanden und er nicht seinen Kapitän zu einer durchzechten Nacht verleiten wollte. Als er nach Hause kam, war in der Küche das Licht an. Auf der Spüle standen leere Pappschachteln von einem Sushi-Lieferdienst. Servietten und Stäbchen lagen daneben. Dominique lag im Dunkeln im Bett und hatte ihre Schlafmaske über den Augen. Sie schien bereits zu schlafen deshalb zog er sich leise aus und legte sich nach dem Zähneputzen neben sie. Allerdings drehte er sich auf die ihr abgewandte Seite und starrte in die Dunkelheit.

Die nächsten Tage verbrachten Dominique und Mats in gegenseitigem Schweigen. Die Situation war für ihn kaum noch zu ertragen und er flüchtete ins Stadion um neben den Trainingseinheiten seine Spielplanung für das Heimspiel am Freitag dort im Clubhaus zu erledigen. Am liebsten hätte er auch noch in der Clubzentrale geschlafen.

Kelly hatte ein kleines Weihnachtsgeschenk für Livia und klingelte an ihrer Tür. Nachdem sie von Alvarez erfahren hatte, dass Dominique wieder bei Mats wohnte, hatte sie ein ungutes Gefühl was Livias seelischen Zustand betraf. Livia hatte ihr ja nach langem hin und her erzählt, dass sie sich mit Mats traf und plötzlich war Dominique wieder da. Sie wollte daraufhin nicht einfach anrufen weil sie glaubte, dass Livia jetzt eine Schulter zum Anlehnen brauchen könnte. Kelly hielt Livia nicht für eine Frau, die auf ein Abenteuer aus war und sich für einen One-Night-Stand hergab. Mats allerdings war auch nicht der Typ dazu. Also was war hier los?

Als Livia ihr die Tür öffnete, wusste sie Bescheid. Die Augenringe und der fahle Teint gaben ihr die Antwort auf ihre Fragen. Livia litt sehr. Während Kelly eintrat und die Türe hinter sich schloss, sah sie in die traurigen Augen ihrer Freundin. Ohne Worte nahm sie sie in den Arm und drückte sie fest. Livia schluchzte auf. Da tauchte aus dem Wohnzimmer der Hund auf. Kelly ließ Livia los und ging strahlend auf die Knie: »Was ist das? Wer bist du denn?« Livia wischte sich die feuchten Augen und sagte: »Das ist Bambina. Ich hab sie am Strand gefunden. Sie war ganz kalt.« Kelly war völlig aus dem Häuschen: »Sie ist so hübsch! Willst du sie behalten?«

»Wenn sie niemand als vermisst meldet, würde ich sie schon gerne behalten... Möchtest du einen Tee?« Da erinnerte sich Kelly wieder an den eigentlichen Grund ihres Besuches und stand vom Boden auf. »Ja gerne. Aber jetzt sag mal, wie geht's dir? Was ist da mit Mats los?« Livia winkte ab und ging in die Küche um den Tee aufzubrühen. »Vergiss es!« presste sie hervor nachdem sie Kelly alles erzählt hatte. »Er hat mich nur verarscht.«

»Das glaub ich nicht. Mats ist nicht so!« Kelly schüttelte den Kopf. »Alvarez hat ihn gestern Abend versucht aus der Reserve zu locken, aber er ist nicht drauf angesprungen. Alva sagt, Mats geht's nicht gut. Er sieht schlecht aus.«

»Wird er mit Dominique zur Weihnachtsgala gehen?« fragte Livia. »Es sieht wohl so aus.« Kelly wollte Livia nicht anlügen. Livia senkte traurig den Kopf: »Na, wenigstens bin ich jetzt Weihnachten nicht ganz allein. Bambina und ich werden es uns schön gemütlich machen.«

»Nie im Leben bleibst du an Weihnachten allein zu Haus. Du kommst zu uns!« Kelly war fest entschlossen, Livia nicht sich selbst zu überlassen. Livia stand auf und umarmte Kelly ganz fest während ihr wieder die Tränen kamen. »Es ist gut, Kelly. Weihnachten ist ein Familienfest und ganz allein ein Familienfest. Ich komm gern am ersten Feiertag aber nicht an Heilig Abend. Es ist lieb von dir aber ich stürz mich nicht von der Brücke wegen dem Kerl. Versprochen!« Kelly seufzte: »Das ist mir nicht recht, ehrlich nicht. Am liebsten würd ihm an die Gurgel gehen. Ich versteh ihn nicht!« Livia winkte ab: »Ich hab doch jetzt den Hund. Und wie heißt es: Gib dem Menschen einen Hund und seine Seele wird gesund!« Tapfer versuchte sie zu lächeln.

Nachdem die beiden Frauen ihre Weihnachtspäckchen getauscht hatten, Livia hatte für Kelly und ihre Familie eine große Dose deutsche Weihnachtsplätzchen gebacken und ein Windlichtglas hübsch dekoriert, brach Kelly wieder auf. Livia kamen wieder die Tränen als ihre

Freundin sie fest drückte. Aber sie versprach, sich bei Kelly zu melden wenn sie Hilfe bräuchte. Livia nahm kurz darauf ihre Jacke um wieder mit dem Hund am Strand spazieren zu gehen. Sie hatte gemerkt, dass ihr das anstrengende Laufen im Sand guttat und sie nachts besser schlafen konnte. Der Hund wurde auch immer forscher und sprang ein paar Palmenblättern, die der Wind vor sich hertrieb, hinterher.

Mats kam völlig ausgelaugt vom Training nach Hause. Er wollte nur noch unter die Dusche und dann etwas essen. Er hoffte, dass Dominique sich wieder normal verhalten würde, er hatte keine Lust auf diese unangenehme Stimmungslage beziehungsweise das anhaltende Schweigen.
 Schon als er mit dem Aufzug in die Penthouse-Wohnung fuhr hörte er laute Musik. In der Wohnung angekommen empfing ihn donnernder Bass aus dem Wohnzimmer. Er durchschritt den Raum und stellte die Musik ab. »Dominique?« Sie war nicht in der Küche und auch nicht im Schlafzimmer aber irgendwo hörte er sie reden Als er der Stimme nachging fand er sie in der Badewanne liegend. Ihre Kleider lagen weit verstreut auf dem Boden, das Wasser war über die Wanne geschwappt und der Vorleger komplett nass. Auf der Badewannenablage stand eine Flasche Champagner und sie nippte an einem Sektglas während sie mit dem Handy telefonierte. Die Tonlage, mit der sie mit wem auch immer in das Telefon säuselte brachte ihm die erschreckende Erkenntnis, dass er rein gar nichts mehr für sie empfand und er ihre

Anwesenheit nicht mehr ertragen konnte. Er verließ das Bad indem er die Tür hinter sich zuknallte.

Mats stand in der Küche und schnitt Gemüse um es in einem Wok anzubraten. Plötzlich fühlte er sich wie von einer großen Last befreit, Dominique selbst hatte ihm die Augen geöffnet. Die guten Zeiten, die sie zusammen hatten waren vorbei. Der Bruch den sie verursacht hat war nicht mehr zu kitten. Es verband sie nichts mehr miteinander. Er war jetzt nur eine Durchgangsstation für sie. Wenn sie wieder ein Angebot bekäme würde sie ihn erneut verlassen.

Während er Krabben unter das Gemüse gab bemerkte er wie Dominique aus dem Bad kam und die Tür zum Schlafzimmer hinter sich zuschlug. Unter Rühren würzte er sein Essen und hörte sie im Zimmer rumoren. Der Höflichkeit halber deckte er den Tisch für sie mit als sich die Türe öffnete und sie vollständig angekleidet und gestylt ihre beiden Trolleys hinter sich herziehend aus dem Schlafzimmer kam. Er ging ihr entgegen und fragte: »Kann ich dich irgendwo hinbringen?« Kalt sah sie ihn und schnaubte: »Du kannst mich mal …«

Der Hund legte sich vor Livias Bett und rollte sich zufrieden zusammen. Livia war vom langen Laufen todmüde und bevor sie in einen traumlosen Schlaf fiel galt ihr letzter Gedanke Mats. Wahrscheinlich lag er mit Dominique auf der Couch und ließ sich von ihr vor seinem letzten wichtigen Spiel gegen San Sebastian ablenken. Sie war sich sicher, Dominique wusste die richtigen Mittel dafür.

Mats putzte das Bad, warf sämtliche Handtücher in die Wäsche und zog das Bett ab. Eigentlich war er schrecklich müde aber er wusste, er konnte nicht schlafen bevor er das Chaos hier beseitigt hatte. Er hatte das Gefühl, er musste klar Schiff machen ehe er zu Bett ging und morgen als freier Mann aufstand. Als Dominique ihn das erste Mal verlassen hatte, war ihm der Boden unter den Füßen weggezogen worden. Aber jetzt empfand er nur Erleichterung. Erleichterung darüber, dass sie ihm die Entscheidung abgenommen hatte. Obwohl, wenn er darüber nachdachte, war es ziemlich feige von ihm gewesen, selbst keine Trennung herbeiführen zu wollen.

Am nächsten Morgen erwachte Mats frisch und ausgeruht. Er hatte plötzlich eine klare Vorstellung wie es weitergehen sollte. Aber zuerst musste er zu seinem Team ins Mannschaftshotel wo sie alle zusammen die letzten Stunden vor dem Anstoß verbrachten. Sie würden ein leichtes Training zum Anschwitzen absolvieren, anschließend gemeinsam zu Mittag essen und sich dann eine Weile auf ihre Zimmer zurückziehen. Später würden sie sich alle nochmals zu Kaffee und Kuchen treffen und dann langsam ins Stadion fahren. Auf diesem Weg baute sich dann auch beim letzten Spieler die Spannung auf.

Sie gewannen das Spiel gegen San Sebastian haushoch und Mats war voll des Lobes über das gesamte Team. Sie hatten nach der anfänglichen Misere eine beispiellose Kehrtwende hingelegt und die Umstellungen, die

Mats innerhalb der Mannschaft vorgenommen hatte, sehr gut umgesetzt. Mikki Tallin hatte drei Tore geschossen und Marc Fletcher zwei. Getroffen hatte der Gegner nicht, das sprach für die hervorragende Leistung der Abwehrspieler. Damit konnten sie zusammen mit der punktgleichen Mannschaft aus Barcelona auf dem zweiten Tabellenplatz überwintern und nach der Pause Mitte Februar den Tabellenersten weiter jagen.

Mats bedankte sich bei seinen Spielern, erinnerte sie nochmals an die Weihnachtsgala am nächsten Abend und verabschiedete sich.

******

Es war bereits nach dreiundzwanzig Uhr als er seinen Wagen vor Livias Bar parkte. Schon als er die Treppe hochlief, sah er Licht in ihren Fenstern. Beflügelt von seinem gelungenen Spieltag drückte er stürmisch auf die Klingel. Drinnen schlug ein Hund an. Es dauerte einen Moment bis Livia öffnete. Sie riss die Augen auf als sie Mats gegenüberstand. »Kann ich reinkommen?« fragte er als sie keine Reaktion zeigte. Immer noch sprachlos deutete sie ihm an reinzukommen. Im Durchgang zu ihrem Wohnzimmer saß ein großer brauner Hund der ihn aufmerksam beobachtete. »Seit wann hast du einen Hund?« fragte er. »Lange Geschichte,« winkte sie ab. Kühl fragte sie ihn dann: »Was kann ich für dich tun?«

»Livia, ich weiß, dass du sauer bist. Aber lass uns reden. Ich erklär dir alles.« Livia verschränkte abweisend die Arme vor der Brust und bat ihn nicht weiter in der

Wohnung. So standen sie im Flur und sie signalisierte ihm eine klare Abwehrhaltung. Mats seufzte. »Liv, bitte. Ich hab dich so vermisst. Ich hab dir gesagt, wir lassen es langsam angehen, lernen uns kennen. Aber ich war ein Idiot. Als Dominique in der Tür stand hatte ich einen Blackout. Aber sie und ich haben uns jetzt endgültig getrennt, sie ist schon weg.« Flehend sah er sie an. Sie reagierte immer noch nicht. Er fasste sie an den Armen, zwang sie ihm in die Augen und sagte: »Livia, ich hab mich in dich verliebt. Das ist mir jetzt klar geworden. Si, te quiero. Te quiero mucho. ich liebe dich so sehr!« Ihre Augen füllten sich mit Tränen als sie ihm antwortete: »Für wie lange? Eine Nacht und am nächsten morgen bist du wieder weg? Danke kein Bedarf!« Aufgrund der Heftigkeit dieser Aussage nahm er die Hände wieder von ihr und fragte betrübt: »Livia, das ist alles total beschissen gelaufen. Ich weiß. Aber sag mir was ich tun soll. Gib uns eine Chance. Bitte.« Als sie die Arme hängen ließ und stumm blieb hielt er dies für ein Zeichen, dass ihr Widerstand nachließ. »Willst du nichts dazu zu sagen?« fragte er sie leise lächelnd. »Zu was?« stieß sie hervor, »ich kann es mir nicht erlauben, mit dir als eine Affäre in der Zeitung stehen. Das hab ich dir bereits schon einmal gesagt und ich glaube, zu einer festen Beziehung bist du nicht bereit.«

»Livia, hast du mich nicht verstanden? Ich hab dir mein Herz zu Füßen gelegt, ich hab dir gesagt, dass ich Dich liebe. Was verstehst du daran nicht? Warum glaubst du, dass ich dich nur als eine Affäre betrachte? Wie kommst du darauf?« Jetzt wurde Mats richtig böse.

Sie seufzte. »Ich spüre das. Du hast dich nie mit mir verabredet. Immer bist du einfach gegangen, hast dich nicht gemeldet und plötzlich bist du wieder aufgetaucht.« Empört rief er: »Das ist nicht wahr und das weißt du!« Sie griff sich an die Stirn. »Bitte, geh. Ich will jetzt nicht mit dir sprechen. Wenn du vor mir stehst, kann ich keinen klaren Gedanken fassen. Und ich muss nachdenken ...« Da verließ Mats der Mut und er ließ die Schultern fallen: »Wenn du darüber nachdenken musst was du für mich empfindest, kann da nicht viel da sein. Dann hab ich es mir nur eingebildet, dass da Gefühle zwischen uns sind und es macht keinen Sinn...« Er drehte sich um und öffnete die Türe. Livia hielt ihn nicht auf, rechnete aber damit, dass er noch etwas sagen würde um seine Enttäuschung weiter zum Ausdruck zu bringen. Nichts von dem geschah, er drehte sich nicht um sondern schloss mit hängendem Kopf die Türe leise hinter sich. Der Hund war neben Livia getreten und blickte erwartungsvoll zu ihr auf. Livia sank auf die Knie, vergrub ihr Gesicht in seinem Fell und brach in Tränen aus.

******

»Oh Gott!« Lucia hielt sich die Hände vors Gesicht. »Wie schafft man es solche Augenringe zu kriegen?« Sie sah Livia ins Gesicht und war fassungslos. Livia erwiderte nichts um nicht schon wieder in Tränen auszubrechen. Sie hatte eine furchtbare Nacht hinter sich. Ihr Herz verzehrte sich nach Mats aber ihr Verstand machte ihr klar, dass er sie wieder verletzen würde. Sie war sich an diesem Morgen, nach einem Blick in den Spiegel, sicher, dass sie die Aufgabe der Stylistin heute schier unmöglich machte. Lucia erkannte Livias zerbrechliche Gefühlslage und nahm sie wortlos in die Arme. »Lass dich von Giulia schminken, sie kriegt das hin, keine Sorge. Und dann fahren wir da rüber und zünden ein Feuerwerk!« Die anderen Tänzer im Hintergrund pflichteten ihr bei und gingen weiter ihren Vorbereitungen nach.

Livia nahm auf einem Schminkstuhl Platz und ließ sich von Giulias Geschick in eine strahlende Flamenco-Tänzerin verwandeln. Und Giulia bot ihr ganzes Können auf.

Als es Zeit wurde aufzubrechen, nahm Livia ihren Kleidersack unter den Arm und ging mit den anderen zu dem Kleinbus, der sie an den Ort der Veranstaltung bringen sollte. Sie trug ein smaragdgrünes, auf ihre Figur zugeschnittenes Satinkleid, und darüber eine schwarze mit Perlen bestickte Strickjacke. Dazu hatte sie ihre schwarzen hohen Stiefel gewählt. Nachdem es geheißen hatte, dass die Tanzgruppe nach ihrem Auftritt zum Abendessen und zum Restprogramm vom Veranstalter eingeladen war, wollte sich Livia trotz ihrer Stimmungslage in einem festlichen Rahmen präsentieren.

Während Miguel im Wagen neben ihr Platz genommen hatte und sich anschnallte, fragte sie ihn, wo man eigentlich auftreten würde. Sie hatte durch ihre ganz persönliche Situation immer wieder vergessen, nachzufragen. Als aber Miguel antwortete ›beim RCD in der Festhalle neben dem Stadion«, war es, als würde ihr Herz stehen bleiben und sich ein Abgrund auftun. Sie wurde bleich und legte die Hände an den Bauch. Das konnte nicht wahr sein! Durch welche Hölle musste sie denn noch gehen? Miguel deutete ihre Reaktion als Lampenfieber und nahm sie in den Arm. »Denk gar nicht drüber nach. Du siehst und hörst das Publikum vor lauter grellem Licht und der lauten Musik überhaupt nicht und hast auch gar nicht das Gefühl, dass man dich sieht. Sowie du die ersten Schritte getan hast, vergisst du alles um dich rum. Komm schon, du tanzt so gut! Außerdem gehen die Leute bei unseren Auftritten immer total mit. Es tut so gut, diesen Applaus entgegenzunehmen. Das Leben ist zu kurz, um nicht alles was glücklich macht, mitzunehmen!« Miguel drückte sie fest. Livia versuchte, sich zusammen zu nehmen. Schließlich konnte sie ja schlecht sagen, warum ihr plötzlich die Knie schlotterten. Mats würde auf der Feier sein und sie wusste nicht ob es zu einer Begegnung mit ihm kommen würde. Aber der Satz, das Leben sei zu kurz, um glückliche Momente nicht mitzunehmen, wühlte sie zusätzlich auf.

Mats saß an einem Tisch mit Kelly und Alvarez und seinem Trainerteam. Der rechte Stuhl neben ihm war leer geblieben, denn dies wäre der Platz von Dominique gewesen. Kelly zog nur die Augenbrauen hoch als sie Mats kurz angebunden begrüßte. Er hatte keine Ahnung warum sie sich so kühl benahm aber es war ihm auch egal. Er wartete lediglich auf einen passenden Moment um zu verschwinden. Ihm schien der Zeitpunkt nach dem Essen am besten denn da löste sich im Allgemeinen die Tischordnung auf. Allerdings hatte er überhaupt keinen Hunger.

Vor dem Galadinner gab es noch ein paar wohlmeinende Worte von führenden Funktionären sowie vom Sportdirektor und ein Lob an die Mannschaft für die furiose Aufholjagd nach dem schwachen Start. Mats hörte gar nicht richtig zu. Er wollte nur nach Hause.

Während die letzten Gäste noch über ihrem Dessert saßen, kündigte der Moderator auf der abgedunkelten Bühne eine bekannte Flamenco-Gruppe an, die man sich nicht entgehen lassen solle. Da Mats Lucia kannte, blieb er nun doch noch sitzen. Als sich der Vorhang hob und die Bühne angestrahlt wurde, glaubte er seinen Augen nicht zu trauen. Direkt auf seiner Seite stand Livia. Sie begann die Tanzshow mit einem groß gewachsenen, gut aussehenden Spanier. Es tanzte immer ein farblich aufeinander abgestimmtes Paar ein Solo und die Gruppe im Hintergrund klatschte und stampfte im Rhythmus mit. Jedes Mal wenn Livia und ihr Partner nach vorne kamen, brandete lauter Jubel im Saal auf. Hauptsächlich angestiftet von Kelly, die johlte und durch die Finger pfiff. Livia und ihr Partner waren unbestritten das beste Paar. Und sie sah wunderschön aus. Sie war wohl für den Auftritt etwas stärker geschminkt als sonst aber es stand ihr. Ebenso wie ihr figurbetontes gelbes Flamencokleid mit den schwarzen Punkten und den vielen Rüschenbahnen, die immer wieder anmutig hin und her schwangen. Der Rhythmus schwappte auf das Publikum über und der ganze Saal tobte.

Die Show dauerte etwas über eine Stunde und die Tänzer waren nach einer zweiten Zugabe fix und fertig. Livia sank nach ihrem letzten Solo an Miguels Brust. Eine Freudenträne rann ihr über die Wange, die er zärtlich wegküsste.

Das Licht auf der Bühne veränderte sich als die Truppe geschlossen nach vorne trat und den Beifall der Zuschauer entgegennahm. Sie verneigten sich gemeinsam und als Livia sich wieder aufrichtete, sah sie direkt in Mats' Augen. Er saß links von ihr ziemlich nahe an der Bühne. Er sah unglaublich gut aus in seinem dunklen Anzug und einem weißen Hemd, das er lässig ohne Krawatte trug. Aber er wirkte irgendwie traurig, verletzt. Bestimmt hatte er die Geste, als Miguel sie auf die Wange geküsst hatte, falsch interpretiert. Es war ihr aber wichtig, dass er nicht in dem Glauben war, sie hätte etwas mit ihrem Tanzpartner. Daher hielt sie Blickkontakt mit Mats und lächelte schüchtern. Gequält lächelte er zurück. Bevor Livia von der Bühne ging, bemerkte sie wie sich Kelly an Mats wandte.

Hinter der Bühne zog sie sich rasch um, richtete ihr Make-up nach ihrem Geschmack etwas dezenter und verpackte ihr Kleid wieder sorgfältig in den Plastiksack. Sie war noch voller Adrenalin infolge des gelungen Auftritts aber ihr Kopf war ganz klar. Als die anderen Mitglieder der Gruppe aufgekratzt in den Saal gingen, lief sie ihnen nach. Ein Kellner führte sie an einen Tisch, an dem ihnen ihr versprochenes Dinner serviert werden würde. Livia aber lief weiter, direkt an den Tisch von Mats. Er saß an seinem Platz in den Stuhl zurückgelehnt und unterhielt sich mit Paolo, seinem Co-Trainer. Er sah sie auf sich zukommen und unterbrach das Gespräch. Als Livia direkt vor ihm stand erhob er sich. »Hallo, Liv. Du …« Weiter kam er nicht, da sie ihre Lippen auf seine presste und ihn fest küsste. Dabei schlang sie die Arme um seinen Hals und unterbrach den Kuss: »Hallo. Da bin ich! Wenn du mich noch willst …!« Mats traute seinen Ohren nicht. Aber er begriff schnell, schlang die Arme um ihre Hüfte und küsste sie zurück. Er schien den Kuss nie mehr unterbrechen zu wollen, so dass sie irgendwann den Kopf zurücknahm und nach Luft schnappte: »Madre dios, Mutter Gottes!« Mats lachte leise und seufzte: »Oh Gott. Liv. Du hast so unglaublich getanzt. Du hast so wunderschön ausgesehen. Ich liebe dich!« Er umschlang sie fester. Da sah sie ihm tief in die Augen und flüsterte: »Und ich liebe dich, Mats Manning. Und es ist mir egal, wenn alle es mitkriegen. Du hast mir so gefehlt!« Da küsste er sie auf die Nase: »Du glaubst gar nicht, was mir das bedeutet, Liebes.« Als er an Livia vorbei blickte, sah er in die strahlenden Augen von Kelly.

Später als Livia etwas zu essen bekam, war sie noch zu aufgewühlt, um die Köstlichkeiten hinunterzubekommen. Mats legte ihr eine Hand auf den Oberschenkel und strich zart über ihr Bein: »Iss, Schatz. Ich muss dich bei Kräften haben.« Sie erschauderte unter dieser Liebkosung und spürte wie die Wärme durch ihren Körper schoss. Später, als sie sich mit Kelly und Alvarez unterhielten, flüsterte er Livia ins Ohr: »Meinst du nicht, wir müssen mal nach deinem Hund sehen?« Während sie ihn irritiert ansah, senkte er die Stimme: »Du hast schon wieder diese verdammt scharfen Stiefel an.« Livia warf glücklich den Kopf in den Nacken und strahlte vor Glück. An Kelly gewandt sagte sie: »Wir verabschieden uns jetzt. wir müssen mal nach dem Hund sehen ...«

EPILOG

Livia schlug die Augen auf als betörender Duft ihre Nase erreichte. Kaffee ans Bett. Womit hatte sie das verdient? Mats saß auf der Bettkante und ließ die Tasse über ihren Kopf kreisen. »So war das nicht abgemacht, ja? Nur weil ich dich gebeten habe, hier einzuziehen, heißt das nicht, dass ich jeden Morgen den Hund rauslasse!« Gespielt entrüstet sah er sie an. »Das war der Preis, mein Lieber!« Livia lächelte verschlafen. Da stellte er die Kaffeetasse auf den Nachttisch und kroch zu ihr unter die Decke. Völlig verschwitzt.

Als er Livia überredet hatte, ihre Wohnung aufzugeben um bei ihm einzuziehen, war ihr anzumerken, wie glücklich sie darüber war und ihre einzige Bedingung war, dass Bambina mitkäme. Mittlerweile hatte sie eine Bekannte von Lula für montags in ihrem Café eingestellt, damit sie diesen freien Tag mit Mats verbringen konnte. Denn sein Spielplan variierte zwischen Samstag und Sonntag, so dass sie während der Saison nur den Montag gemeinsam hatten. Bis auf die Monate im Winter in denen der Fußball ruhte und ihre Bar saisonbedingt geschlossen blieb. Diese gemeinsame Zeit genossen sie außerordentlich. Ihr erstes Weihnachten zusammen verbrachten sie nahezu ausschließlich im Bett.

Mats hatte es sich zur Gewohnheit gemacht morgens mit dem Hund eine Runde zu joggen und auf dem Rückweg

Croissants fürs Frühstück mitzubringen. Danach fuhr er Livia und den Hund in ihre Bar und begann dann seinen Trainingsalltag. Nie hätte er sich träumen lassen, dass einmal ein Hund in seinem Porsche mitfahren würde. Und wenn Livia der Meinung war, der Wagen gehörte mal wieder gereinigt, dann nahm sie Staubsauger und Lappen und putzte das Auto. Und dafür liebte Mats sie noch mehr. Wenn das überhaupt möglich war ...

Anmerkung der Autorin:

Ähnlichkeit mit lebenden Personen in diesem Roman sind reiner Zufall und nicht beabsichtigt. Die Orte sind frei gewählt und das Erwähnen von realen Personen und Einrichtungen unterliegen der künstlerischen Freiheit und verletzen kein bestehendes Recht. Die verwendeten Markennamen sind Besitz der rechtmäßigen Eigentümer.

Das Copyright für diese Geschichte liegt bei der Autorin und die Vervielfältigung bedarf der ausdrücklichen Genehmigung!